小说家的散文

邵 丽 著

# 物质女人

河南文艺出版社
· 郑州 ·

**作者简介**

邵丽，作家，一九六五年出生。现为河南省文联主席、河南省作家协会主席、中国作家协会全委会委员。创作小说、散文、诗歌两百余万字。作品发表于《人民文学》《当代》《中国作家》《十月》等刊物。中篇小说《明惠的圣诞》获得第四届鲁迅文学奖，长篇小说《我的生活质量》入围第七届茅盾文学奖，并获得人民文学奖、百花奖、十月文学奖等多种文学奖项。部分作品被译介到国外。

# 目录

辑一　野的草

# 你的母亲还剩多少

## 一

一个人认识自己的母亲是从什么时候、从哪个部位开始的？估计这是一个没有定论的问题，因为对于孩子来说，当他成为一个独立的生命个体，最初感知自己的母亲，可能是一只乳头，或者是气味，然后是嘴、鼻子、眼睛、声音，最后才慢慢地拼成一个整体。开始的母亲就像积木，被孩子一块一块、一部分一部分地拼入记忆里。可是，有没有人想过这样的问题：母亲是一点一点地走进我们的生命里，也是一点一点地离开的？她不是一下子就走掉了，而是慢慢地，在我们的忽视里，像春天开河时的冰块，一点一点地融化、融化，然后有一天，突然就被河水卷走了。

那年春节假期我去南方看母亲。她跟着我的小妹一家在深圳生活,每年我都要看她三两次。这次来深圳我觉得她的样子有点不对头,走路、说话都慢了很多。在我的坚持和反复劝说下,她同意去医院检查一下身体。结果出来,我们被告知她的心血管已经堵塞了百分之六十。我不懂医,不知道这意味着什么。医生说,这说明她的心血管已经有一大半不能工作了,不过像她这样的年龄,也不算什么,很多人都是这样的。但是,他指着片子上的一个白点说,这个地方很危险,如果有一块斑点脱落把它堵住,就是在手术台前也会丢命的!

回来的路上,我一直拉着母亲的手,紧紧地靠着她,心里凄惶得厉害,五味杂陈。我的只剩下百分之四十心血管功能的母亲,今天怎么如此陌生!也许我们把这仅仅看作是一个病,一个很多老年人都会遇到的病症,可是,往深处想想,事情却不是如此简单——我母亲的一大半心功能已经死掉了,她的生命只是靠另外一小半维持着。那么,如果把一个母亲作为一个整体来打量,谁的母亲经得起这样一笔一笔地计算呢?而且,在我母亲身上,死掉的只是这些吗?虽然很庆幸她身上没有任何一个部位被摘掉或者置换过,可是她的头发已经从满头浓密的黑发变成稀薄的白发。还有,她这一生攒下的记忆,也被时间一点一点地偷去,只剩下一堆乱七八糟的零碎了。这是那个我们一块一块拼起来的母亲吗?是或者不是呢?是那个行如风,坐如钟,大小事情都能拿得起放得下的母亲吗?总有一天,她会与我们相见不相识,也总有一天,她会把最后的肉身摆脱掉,沉入一个再也无法与我们相握的世界里。

那天走到小区外面我就带着母亲下了车。小区门口西边有一家老年人保健品专卖店,销售一种专门治疗各种老年病的磁疗垫。为了招揽顾客,这家店天天免费让老年人试用。母亲每天都跟着小区的老人排队等候,这次我来看她,她小声跟我说,想买一台这种机器。我断然拒绝了,倒不是心疼它的价格可以啃去我半年工资,而是我明明知道这都是骗人的。我告诉她,中央电视台已经曝光多少次了,这是假的,没用。她说,我用着就是好,头也不晕心里也不闷了。我不再和她争执,给哥哥打电话要他们劝她,还让小妹专门从网上下载有关上当受骗者的资料拿给她看。她不再跟我提这事了,可是只要一有工夫,她就去小区外面排队等候。

今天,我想,即使他们是骗人的,我也心甘情愿地让他们骗一次,为了我这个残缺不全的母亲!就是每天都为了她而受骗,就这个风烛残年的母亲,还能被人骗几次呢?

二

每次与母亲通电话我总是问她,还好吧?当然,全天下的母亲都是说,我很好,没啥事。可是我们问这话有多少是为母亲、多

5

少是为自己呢？因为她这句"我很好"，我们就可以心安理得了，像完成一件任务似的松口气。我最怕母亲反问我，你怎么样啊？因为母亲这句话，问的全部都是我，是我的全部，也全部是为了我，不是为她自己而问。我的一切，她既想知道结果，也想知道每一个细节。可是，我能告诉她吗？人到中年，百口莫辩。说我很好吧，自己都张不开嘴。而且自己的态度在那里摆着，母亲会看不见吗？没有笑过，三句话说不到头就发火。明明不是很好，明明是不好。胸中总有一股无名火让自己怒发冲冠，别扭得像走错了房间而找不到出口似的，怎么说我很好呢？

说我不好吗？我有什么不好呢？钱不比别人挣得少，职位不比人家低，一家人各就各位，各得其所，除了快乐，什么都不缺。可那不快乐也说不出口，仅仅是因为不快乐而不快乐，而已。明明的，知道自己是在作，知道自己是在跟这个世界发狠——你们再如何如何，我就死给你看！

这针锋相对的生活啊，怎么说与母亲听？况且她也未必能听得懂。

可是，跟母亲比起来，我的不快乐算什么呢？二十岁，母亲青枝绿叶地嫁到这个家。那时，她是一个干练的妇女干部，一个职业革命者。但不管在外面她有多光鲜，在家里她只是一个媳妇。当时她面对的是一个油瓶倒了都不会扶的丈夫，一个在大家族长大满脑子男尊女卑的公公，一个有洁癖又爱发脾气的婆婆。日子比树叶子还稠,我大哥还不会走,二哥已经在娘胎里了。然后是我。三个孩子加起来不满十岁,别说穿衣了,就是饭也吃不囫囵。没办法,母亲含泪把大哥送给乡下一个奶妈寄养,几年后从乡下把他接回来,眼睛里全是陌生的光,他再也没能融入这个家庭。好容易把我们拉扯得能跑着上学了,又赶上了"文革"。我父亲出身不好,脾气又倔,运动来了,今天被犁一遍,明天被耙一遍。打倒搞臭,再踏只脚;体无完肤,受尽屈辱。可是母亲从来没怯懦过,一滴眼泪都没掉,她用一个固若金汤的家支撑着父亲摇摇欲坠的身体和精神。看见老战友死去,夜里父亲偷偷坐在她面前流泪。她一边纳鞋底子,一边留意着睡得乱七八糟的我们。她不能从自己怎么都挣不够的时间里,抽出片刻工夫去害怕和伤悲。

## 三

母亲突然老起来是在父亲去世之后。可能她从没想到父亲会死在她前面,或者说她没想到父亲会一言不发就死了。每当她说起父亲,总会痛哭不已。开始我们还陪她流泪,可是时间长了,我们都哭不出来了。我们就劝她说,人走了,生活还得继续。每当听到这话她都委屈得不得了,一脸枯萎的深情,说,你爸就是死,也得留点时间让我伺候他半年几个月,我也不至于这么亏欠他啊!

她亏欠了父亲什么,我们都想不明白。我的父亲,脑子里除了上级指示精神,就是国内外形势,他从来不会关心人。看着我母亲忙得像陀螺一般,他也不会过去帮她一把。有一次,母亲从粮店扛着一袋面粉回来,路上碰见父亲。父亲像没看见似的,夹着公文包低头走他的。每次他在外面应酬回来,不管多晚,母亲都得等着他,还得给他擀杂面条吃。他从来没问过我母亲累不累,也许在他眼里,我母亲的忙碌永远都不是问题,只有干不动活儿了才是问题。每天早上五点不到,母亲就得爬起来给一大家子人做好早饭,晚上不管多晚也得抽时间给老人孩子缝衣服做鞋子,那时候这些东西都是用手一针一线缝出来的。母亲和父亲一样是领导干部,要开会,要安排工作,要应付各种检查。可是,只要农村老家来了人,他不管我母亲有多忙多累,只管安排她做这做那,临走还得把家里的东西收拾一堆给老家人带走。

母亲无论如何也不会想到,父亲在参加革命之前还娶过一个童养媳,生过一个女儿。等她知道这一切的时候,我二哥已经会走了。母亲没有过多地责怪父亲,每个月都从我们微薄的生活费里拿出二十元钱,让父亲给那农村的娘儿俩捎回去。后来日子稍微宽松一些,母亲常常让父亲把我那姐姐接过来住几天,临走收拾一大包衣服吃食给她带回去。可是,母亲的一番好意,并不能被我的姐姐领会,总是有误解、摩擦、委屈。有时候我实在看不下去,就劝母亲不要迁就她,越惯她事儿越多。母亲说,要是你爸跟她们在一起,你心里啥味呢?

是啊,诚如是,我心里的滋味肯定也不好受。父亲去世的时候,我跟姐姐哭着抱成一团。那是母亲教会我品尝的另一番滋味,骨肉亲情的滋味。此情可待,也可被忽视和冒犯。

所以我永远弄不明白,母亲亏欠父亲什么呢?也许,在不着边际大而无当的革命道理之外,"三纲五常""五伦八德",这影响我们几千年的东西,依然是每个人的日常和家常。没有对不对,只有好不好。过去、现在和将来,它都是我们民族血脉的主干。

我不相信我的父母之间有爱情,也不相信没有。她嫁给了他,就得为他生养孩子,赡养父母,伺候他一直到死。一辈子,他们之间就这么点子事儿,是功课,是事业,是道德,也是惩罚。

四

今年阴历四月二十六是我母亲的生日。算起来她已经整整八十岁了。我身体不好,心情也不好,于是打过电话后,又心安理得地在家里猫了一天。我坐在阳台上晒太阳,快日落的时候浇了浇花,中间还看了一段电视辩论。不知道为什么,这一天竟如卸下了重担般的轻松。

不是卸下,是躲避。有时候,躲避比面对更需要勇气。

可是,母亲为什么不会躲避呢?她有的只是忍耐、忍耐、忍耐。忍耐是一种能力,也是一种人生。母亲这一生,不就是靠这种能力走过来的吗?有人说,中国人太软弱,太能忍。可是,如果套用我母亲的语气说,不忍又怎么样呢?不忍,国家要打仗,不管正义在谁手里,送死的都是平民的血肉之躯;不忍,家庭要破碎,不管挣到多大的自由,伤的都是自己的亲人;不忍,夫妻要离散,耗的是彼此的生命;不忍,朋友要反目,毁的是社会的资源。

这些个大道理小道理,我都懂。可是,我还是得活在自己的世界里。我再也走不进母亲的生活,只能眼睁睁地看着她老去,看着她的生命越来越小,越来越少。孝顺既不会成为我的职业,也不会成为我的生活。如果我摒弃一切去孝顺她,就是对她最大的不孝。诸君,我们的母亲啊,她想得到的不是这个,她不觉得我们欠她、该孝顺她。她只想我们比她活得更好,更体面,更省心。只要一息尚存,她就不会给我们添麻烦。如果她用这口气想一件事,那就是:孩子,你一定要好好地活给我看!她是这样想的。她一定是这样想的。只因为,她是我们的母亲。

# 姥姥和姥姥留下的菜谱

我记事时，我姥姥也就五十来岁，一个地道的乡下妇女。看起来，她那时已经很老了，小脚，裹绑腿，长发被一根银簪子盘在脑后，夏天穿白布衫子，其余的季节全是黑，或者深蓝。她一如既往地老，在我的记忆里从未年轻过。

我写文章也有二十几年了，从不写我姥姥。不是因为她不值得一写，而是很多作者笔下母亲的完美形象什么样，她就什么样。勤劳、朴素、聪慧、善良、美貌、隐忍，听观音菩萨的话……这些她都具备。

我乡下的姥姥，是足以撑得起美貌称谓的女人，椭圆的脸上，大眼睛，深眼窝，鼻梁挺直，嘴唇薄厚适当。我母亲和我小姨都是远近闻名的美人，她们的长相都随了母亲。而见过我母亲年轻时模样的人，都说我没能长过我母亲的相貌。

我之所以不写我姥姥，还有另外一个不好讲明的原因，真的觉得,一个没有缺陷的人,何以构成人物?我没有见过姥姥放纵地笑过,她总是微笑着,不与任何人生是非。姥姥的哭我倒是见过两次,其中一次是我姥爷的死。我姥爷九十七岁那年去世,他比我姥姥小三岁。姥爷过了九十七岁坎儿,无病无痛地走了。其实半个世纪以前,人家算命的就告诉过我姥姥,我姥爷会在哪年哪年大限临近。不知道她是不信还是给搞忘了,反正姥爷死的时候我姥姥哭了。我姥姥说,你死了,剩下我一个人可咋活?话里的意思好像是我姥爷欺骗了她似的。

这或许是她平生头一回肆无忌惮地大放悲声。我们一边陪着她哭,一边诧异地打量着突然间变得陌生的姥姥。

姥爷死后,远嫁到安徽的我的姨姥姥过来陪了她一些日子。老姐俩住在一套没有暖气的房子里,自己做饭做菜,过了一个干干净净的冬天。我姥姥一辈子不指靠儿女,也不跟任何子女住在一起。她说,但凡我能动弹,就不让人伺候。翻过春节,姥姥的妹妹——也就是我的姨姥姥回家去了。姨姥姥走后,姥姥再一次放声大哭,她清楚地知道,这是她们的最后一面。

老一辈的人中,我姥姥活得最长,但也最难写。谁都懂得,一个没有缺陷的人,多么不容易写。我们更愿意描述一些有个性的人物,比如我的婆婆,她同我姥姥一样,在乡下劳作了大半辈子,养育了一大群儿女,不漂亮,坚韧、勤劳,把所有问题都自己扛。但她一言九鼎,性情暴烈,泼辣到一条街上都无人敢惹。再比如我,暴躁,拒绝沟通,固执,做错事情也不轻易道歉。但我姥姥不这样,一言以蔽之,所谓"妇道人家"该有的她全有,不该有的一样也没有。

姥爷死时,我七十多岁的母亲跟随我小妹在深圳生活。她给我多次打电话,说要回河南照顾姥姥。这个要求被我严词拒绝,理由是她心脏不好,不能劳动,也不能激动。况且母亲在河南的兄弟姊妹众多,三个舅加两个姨,哪一个都比母亲年轻。

姥姥兑现了不让人服侍她的诺言,她死于姥爷走后的第二年,收麦子的季节。她说,麦子熟了,饿不着人了。说完这句话,她放心地合上眼睛,再也不愿意睁开。我的母亲未能和她的母亲见上最后一面。天太热,我还曾试图阻止她回来参加葬礼,但未能成功。我一辈子性情平和的母亲,跟谁都没说,直接买机票飞了回来。我明白,我让她伤心的,远不止不让她参加母亲葬礼这件事;不过至于有多少,到现在她也从未与任何人说过。

母亲的母亲死了,母亲的眼泪整整流了一年,只有悲伤,没有怨愤。我母亲的性情,也遗传了她母亲的大部分,要么选择忍让,要么选择遗忘。在姥姥的事情上,我或许欠母亲一个道歉,但我至今不肯给她。

姥姥在饮食上,似乎没有自己的喜好。她年轻时,公公婆婆和丈夫吃什么,她就跟着吃一口。及至自己老了,孩子们吃什么,她也是跟着吃点。她没有自己喜欢的吃食吗?很小的时候,跟着姥姥走亲戚,路上捡到一棵小葱,她剥了葱皮,直接塞进嘴里吃了。她牙不好,一棵葱嚼巴了一路。还有一次,我跟着她去大姨家。路过一片菜园,她让我在路边等着,自己进去找园子的主人,然后出来掐了一些地边上的小茴香叶子。那天中午,我们在大姨家吃到了用小茴香烙的菜馍。很多年后,我讲给母亲听。母亲听后,半天没说话,后来终是抑制不住,哭了。她说,你姥她半辈子都饥着,嘴里是太缺味道了。

姥姥说她最会做的菜就是懒豆腐。她说,春天里,韭菜、荆芥、玉米菜、小白菜都是细菜,细菜要仔细着吃。到了秋天,一场秋雨,地里的萝卜白菜就长疯了。姥姥随便择一些老菜梗子、红白萝卜叶子,回家洗了切了,打发眼前的小孩儿跑去豆腐坊,讨几碗人家丢弃的豆腐渣,然后往锅里添些水,把青菜和豆腐渣放进去,多加几根柴火,慢慢熬,慢慢熬,一直熬出菜香。看到菜叶子与豆腐渣粘在一起了,起锅,把水沥干。捣一碗蒜汁,里面调和了盐和香油,泼在煮好的菜上,一份懒豆腐就做成了。姥姥拍拍手说,不限制,想吃多少吃多少。这就是她最拿手的菜,蒜汁拌懒豆腐,全部是边角废料做成。

我母亲说她记得起的,就是姥姥做的冬瓜。那时候粮食总是不够吃,还要先尽着干活出力气的男人。下雪天,孩子们都猫在家里,饿得不行。我姥姥就从床底下搬出一只肥硕的冬瓜,剖开,连皮切成块,仍然是放在大锅里熬煮,撒一把玉米糁子,只放盐,煮至软烂方可。我母亲说，一家人都围在灶火前，比过年还高兴，她一口气能吃三碗。

记忆中，我最爱吃的是姥姥做的豆腐白菜。豆腐切成方块，放柴火锅上煎至两面黄，加水，放姜丝和葱花。待汤水滚开，用手撕进一棵大白菜，一定要手撕。微火，熬煮到汤汁浓郁，香气扑鼻。这个菜我从未吃够过，后来自己也在家试过，可不管怎样就是做不出姥姥那样的味道。

姥姥还会做一道鱼汤。她们的村子前后都是河，那时水量也丰沛，河里沟里都能逮到鱼。我们从城里回去过寒暑假，只要看到我们进门，姥爷便顺手提个篮子或筐子出去了。他到河边随便摆弄几下，就会弄半筐杂鱼回来。有时候还会打到老鳖，姥爷会把它扔出去老远，说是晦气。那时候乡下缺食用油，姥姥就把这些鱼用面裹了，放进锅里用小火烘焙，直至两面焦黄（后来有专家说，"治大国如烹小鲜"的"烹小鲜"就是煎这样的小鱼，不知真假），再用姜、葱、辣椒和醋水熬炖。快起锅时，搅拌半碗面糊糊倒进去，出锅时再放一把荆芥或者香菜。姥姥的这道鱼汤我得了真传，家里来客人了，偶尔会露一小手，获得称赞一片。

我姥姥没见过大世面，反正不在灶台前，就在窗台前，睁开眼睛就给孩子们弄吃弄穿。夜晚孩子们睡了，她还待在油灯下做衣服纺棉花；待孩子们醒来，她又在忙活着做饭。她活到一百岁出头，从会做衣做饭，就一直重复着同样的日子——在一百多年里，安安心心地就在一个院子和村子里干活,不知道该说伟大还是悲哀。她不会批评孩子,也没教育过他们人生的道理,就只是让他们吃饱穿暖。有一次她跟着我母亲来我们家住几天,看到我辅导孩子做作业的时候态度急躁,便在孩子上学走了之后小声跟我说,你跟孩子说话,别那么大声可好?

我姥姥的一生,好像就只留下了几个儿女和几道菜。别的,还真想不出什么了。

# 姥爷的渔网

姥爷的渔网是真实的网，既不是我小说中的虚构，更不象征其他什么。从记得我姥爷起，他就一直在织网，夏天在院子里织，冬天猫在屋子里织。他不是渔民，他只是喜欢打鱼，就像有人喜欢旅游、有人喜欢赌博一样。

我姥爷不抽烟不喝酒，他唯一的喜好就是打鱼。我姥姥说，你姥爷买网线的钱都够挖个鱼塘了，养下的鱼怕得有几千斤。我们都笑，因为谁都没见过姥爷的网打到过一条大鱼。小鱼倒是打过不少，但那不是渔网的功劳，按我舅舅的说法，拿个簸箕去河里，也能捉到这种鱼。但这丝毫也不影响他织网的热情，整天织啊织的，晴天晒网，雨天修网，与其说是他喜欢打鱼，倒不如说是喜欢他的渔网。

姥爷的渔网是真真实实的存在，从我能认出他那一天起，他就一直在织网，即使直到有一天河水干涸，有水的河流里也完全没有鱼了，他也一直在织网。可能到这个时候，我可以说姥爷的渔网的确有点象征的意味了。正常人的思维是，河里水都干了，结哪门子网？打鱼，毕竟是结网的一个理由。我猜测，固执的姥爷肯定是这样想的：河里还会有水，水里还会有鱼。

生活在上世纪七十年代县城的居民，几乎可以用一贫如洗定义。我们更羡慕乡下的孩子，有田野，有河流，有树木，有瓜果，有狗……再穷的家庭都有条狗。我至今喜欢那种土狗，高大威猛，漂亮，灵敏异常，更重要的是忠诚，常常跟在一个或者几个孩子后面，跟兄弟们似的。

一整个学期，我们都小心翼翼地看着妈妈的脸色，只有她高兴了，才会给我们买一张去姥姥家度假的车票。我们下了火车，还要走很长一段公路和土路，没有电话，因此没有人知道我们的到来。而姥爷家的狗却会跑几里路接到我们，实在想不明白，它是如何知道的呢？

姥姥家有个果园，种了桃和杏，更多的还是柿子树。果园边上还有个小菜园，种的菜足够一家人吃。我对植物非常敏感，六七岁上就认识地里所有的菜和草，什么能吃什么不能吃摸得门儿清。村里的孩子都在玩耍，我一个人能割一整筐猪草，手上打了血泡，为的就是让姥姥夸一句"这闺女就是中用"。我的两个哥哥则喜欢跟着姥爷去打鱼，我有时也去，我惦记的是鱼篓里的鱼虾够不够烧一锅汤。哥哥们在意的却是那种打鱼的仪式感，姥爷每朝水面上撒一次网,不管网里有鱼没鱼,他们都能兴奋得像狗一样疯狂。除了渔网,姥爷有时还用鱼叉,偶尔也能叉上一只大点的鱼。小哥哥为了练习投掷鱼叉,胳膊肿得像棒槌一样。

快到春节的时候,正是枯水期,村子里会组织集体捕鱼。我姥爷是村支书,他招呼一声,很多人就蜂拥而去。那简直是一场盛大的狂欢,大人们在前面走,小孩子和狗在后面跟,人欢马叫,煞是壮观。河水可真好,一个村子周围能有两三条河流环绕。在我们小小人儿的眼睛里,的确是"一条大河波浪宽,风吹稻花香两岸"。

男人们拉起十几米的渔网,将整条河拦腰截断。几个时辰后,另有一拨人从上游赶过来,拉着一张网朝下赶鱼。不明就里的鱼,被渔网和撼天动地的喊声追逐着往下游跑,活蹦乱跳,直到一头撞在网上,才明白已经穷途末路,于是更加吃劲地蹦跳起来。

两张网终于合围了。捉到的鱼可真不少,参加逮鱼的人每人能分到半脸盆。看热闹的也给一点,小孩子也给一点,狗也扔给一条。狗不吃鱼,衔在口中飞快地送回自己家去。走在回家的路上,保不准也能捡上一条。

有些淘气的孩子,将几条活鱼丢进吃水的井中。我站在井边,替那些鱼着急。井里黑咕隆咚的,它们一下子看不见光亮了,还不得活活急死。反正我是怕黑,即使睡着,也得开着灯。

还有一次,我看到他们捉到一只鳖,大得一个脸盆都扣不住,于是就抱一个小孩坐脸盆上。那鳖就驮着脸盆和孩子呼呼啦啦地跑动，到末了也没有人愿意要这只鳖，嫌晦气，后来只好重新把它放回河里。河好像是乡里人的冰箱，想要什么，随时就能来取。

逮回去的鱼常常让女人看着发愁，农村缺食用油，而且很多人嫌鱼腥。北方人不懂吃，不知道鱼是可以清炖的。我姥爷逮了一辈子鱼，从不吃鱼，做过鱼的锅都得给他重新刷了才能用。我们吃鱼都得躲他远远的，他闻不了那腥味。他上一辈子一定是和鱼有仇，这辈子就是专门回来捉拿鱼的。

乡下人，除了干农活，一辈子也没多少乐子。如果我写我姥爷逮鱼的时候，身后总有一个女人的影子，或者隔壁村子里有一个我母亲同父异母的兄弟，那一定是我编的。几百年的村史都是靠规矩写出来的，面子比天大。我姥爷从织网到捕鱼，都是他一个人的事儿，不做给任何人看，他快乐着自己的快乐，满足着自己的满足。他活到九十七岁，那叫一个端正，在村子里一句闲言都没有落下。

后来，我念了中学，功课忙得昏天暗地，再没去过姥爷的村庄。上世纪九十年代，我们在城里的舅舅家给姥爷过生日。喝酒的时候，我哥哥问及他的渔网。姥爷只顾喝酒，也不搭理他。我舅舅说，要网干吗？人老几辈都有水的村子，现在说干都干了，有一点水的河也不长鱼了。

姥爷说，要真是鱼都没有了，人活着还有啥意思？

我舅舅说,鱼怎么会没有?前些日子不是带您钓鱼去了?鱼竿买了好几套,只是没让您撒网,您老不高兴是吧?姥爷重重地放下筷子,说,那鱼能钓吗?满塘都是,鱼钩还没下去,鱼都跟着上来了,伸着脑袋让人捉,那能叫逮鱼吗?

姥爷去世的时候,我跟着母亲回去了。看见他的渔网还挂在堂屋的山墙上。小时候站在姥爷的身后看他结网,觉得渔网是那么大。现在看起来,就那么松松软软的一小把儿,像一堆干水草。渔网下面的坠子也都生锈了,突然想起来有一年冬天,小哥哥拿网坠子练准头,把邻居家的狗腿打伤了,惹得姥姥跟人家赔了半天不是。

# 我的婆婆

婆媳之间的钩心斗角，是中国文化中挥之不去的阴霾，现在还被各种文学作品津津乐道。这种看似家长里短的争斗，被泅化在我们的日常生活中，成为几千年来弥散在宫廷、职场到内外关系中的一种亚文化现象。我觉得这是一个文明大国的悲哀。

很久以来，我一直想写写婆媳之间的故事。它看似千篇一律了无新意，但细细想来却触目惊心。这是一种很大很重要的关系，重要到甚至可以影响到大国崛起的程度——我觉得不管是婆婆还是媳妇，以及夹在她们中间那些左右为难的男人，只有让他们在家中、也在文学作品中真正站立起来，成为有血有肉独立的人，才能再去谈我们国家民族的未来。

其实，我与婆婆的关系也没能逃出这种窠臼，有一段时间我曾经陷入深深的苦恼。但我能从中走出来，并与婆婆建立了一种新型的婆媳关系，我认为是我成长的一部分。所以从我开始写作,婆婆的影子就经常出现在我的作品里,但是说实话,我又很难把握住她,就像在生活中一样。

我婆婆九十岁了,她是个老人中的开明派,很新派的人物。我这么说,绝非妄言。她用新潮的手机,穿时尚的衣服,喜欢住在热闹的地方,最好隔壁就是个大市场。她每天都要逛街花钱买东西,不管用得着用不着。七十岁那年,她开始跳健身舞,并坚持识字写字,而且一发不可收。每天看完《今日说法》后,她都要写一篇观后感,她自己说那叫评论。现在这些评论堆起来,比她的个子还高。所以说起当今的热点问题,她比我们知道得还详细。

但这不重要,重要的是,在任何情况下,她都知道自己是谁,以及怎么安置自己。娶我婆婆的时候,我公公是个大户人家的子弟。英姿勃发,玉树临风,写得一手好字,也写得一手好文章,找个如花似玉的好媳妇本来该是题中应有之义。但是他生性固执,不讨父亲喜欢。父亲一言九鼎,强迫他娶了生意伙伴的女儿,也就是我后来的婆婆。我婆婆个子低,长得又不好看,一辈子也没让我公公喜欢上她。但她自从嫁到这个家,不卑不亢,活得有章有法。家里最穷困的时候,她用自己勤劳的双手,让自己的孩子过得体体面面。后来日子好了,她也从不懈怠,对子女的敲打从来没停止过。她既乐善好施,又洁身自持,只要力所能及,她从不麻烦别人。

我婆婆脾气刚烈,一言不合就暴跳如雷。据说在他们镇子上，没人敢惹她。想想这也是婆婆的生活策略，甚至可以说是战略。丈夫远在几十里外当医生，她孤身一人带着几个孩子，孤儿寡母讨生活，再加上他们的亲戚都是"地富反坏右"，稍微软弱一点，就不可能抬起头来生活。所以谁胆敢欺负她的几个孩子，我矮小的婆婆就会跳骂到这家人的门口，直到他们站出来认错服输。

在管教孩子方面，她也是这么独断专横。你犯个小错，她就拼命打你，朝死里打，而且很少在家里打，都是拉到大街上去打，生怕别人不知道。早自习起不来逃学了，她打；跟同学骂架了，她打；在你的腿上划一下，只要有个白道道，就说你偷着下河游泳了，她也打。但是你犯个大错，她别说打你，吵你一下都不可能。比如你失手打碎一个祖传的花瓶，或者不小心弄丢了学费，她都一笑了之。后来婆婆解释说，小错不管，最终你们会酿成大错；你们犯了大错，我不吵你你自己都快吓死了，如果我再打你，你还能活吗？

我老公说，母亲这句话影响了他一辈子。他觉得这句话既可以用来修身，也完全可以用来齐家治国平天下。

就是在这么个背景下，我嫁到了这个家庭，而且很快就要与她一起共同生活在只有七十多平方米的屋檐下。我自小脾气就大，而且认死理，遇到这么个主儿，可见该有多大的冲突。开始的时候，确实有诸多的矛盾，有时候甚至还很激烈。好在我提前就有心理准备,再加上有老公在中间的调停,还算维持了一个基本和平的家庭局面。

"多年的媳妇熬成婆",我觉得这话既有贬义,也有褒义。从媳妇到婆婆,不管有多少委屈,谁说不是一种成长呢?后来我与婆婆之所以处得很好,就是我换了一个角度看她,欣赏她,觉得需要从她身上学习的东西太多。她乐观、豁达、坦荡,大事从来不糊涂。她的一生历尽艰辛,但她从没抱怨过。她是个喜欢往前看的人。当然,与婆婆处好关系仅靠这些是不够的,"功夫在诗外",说到底,是需要经营。

中国传统文化有精华,也有糟粕,尤其是在处理家庭关系方面,条条框框太多,太繁杂,要么是学会两头撒谎,要么是毫无原则地退让。家庭是组成社会和国家的最基本单元,社会和国家则是家庭关系的外延。市场经济给我们输送着财富和各种便利的同时,也给我们输送着欲望、烦恼,以及更加纷繁复杂的家庭关系。

有一部小说写了很久,也放了很久。当我从头翻看作品的时候我一直在疑惑,这真是我的婆婆吗?我想,尽管我竭尽全力去接近和还原她,也未必是真实的她。我在变,她也在变。即使我们都没变,生活也在变。也许这才是我犹疑不决的原因吧!

# 关于蛇年的记忆及其他

在很多年里，我都不知道自己属蛇，其实是不知道有"蛇"这个属相——我小时候，正是破"四旧"、立"四新"的年代，父母很少使用旧历；我和哥哥有时候跟着姥姥、有时候跟着奶奶生活，她们根本没有说过蛇年或蛇这个属相——在她们嘴里，只有一个"小龙"，我于是知道自己是属小龙的。

蛇这个小东西，在中国文化里很少有喜兴味道：与人有嫌隙不过，是男的便被骂蛇蝎心肠，女的则落个美女蛇称谓；天气不顺年景差，就责怪龙蛇之蟄；遇到伪君子，常以佛口蛇心相赠。

在西方文化里，蛇更没落个什么好儿——虽然它是智慧的象征，可是对亚当夏娃的引诱，让所有人从出生起就带着原罪。估计这让很多人想不通，莫非血统论起源于《圣经》？如此说来，这耶稣的赎罪，跟拿人钱财替人消灾的江湖术士，并没有太大的区别。

不过蛇也有辉煌的时候，"刘邦斩白蛇起事"，刀下之鬼竟然是白帝之子，幸亏刘天子也是"太子党"——他是赤帝之子，否则事情会闹得不可收拾。据说，很多权杖（包括现在外交使节的权杖）上都雕着蛇，因为它是最高权力的象征。看来蛇也手眼通天，黑红两道通吃，横竖我们都得罪不起。

——说远了。

小时候放假去姥姥家，姥爷带着我的俩哥哥为生产队看过瓜园，他们在地头搭一个三角形的小棚子，白天晚上都住在那里。哥哥常常带着我去给姥爷送饭。吃完饭，姥爷就坐在地铺上给我们讲故事。有时候会讲到蛇，如果是故事里的蛇，已经跟人没什么区别了，会走路、说话，也会爱——他说的是喜欢。青蛇、白蛇、老法海和许仙的故事，我就是那时候听到的。如果是现实中的蛇，则要凶险很多。姥爷说，蛇都是走弯路的，如果你拿个竹竿，它就会很怕，远远地躲开你，因为它爬到竹竿上脊梁骨会撑断。还有，姥爷告诉我的哥哥们，游泳的时候遇到蛇，"那是水上漂，你只要别看它，它就不理你"——好像蛇也跟小流氓一样，只要不惹它，它就不会找你的茬儿。

有一次，姥爷用竹竿挑起一片瓜叶，让我们看盘在田垄里的一条小青蛇。那蛇非常干净，干净得让人浑身发冷，可能"冷血动物"这个词，就是从这儿来的吧。它把头一会儿搁在身体上，好像我们上课时那个懒洋洋的样子，一会儿抬起头来摇摇晃晃地东张西望,像喝醉了一样;不知道它有没有看清楚我们,它的眼睑像抹着一层淡绯色的眼影,眼皮眨都不眨一下,身子没动,也没有惊慌。看完之后,姥爷顺手摘了一个西瓜,到了棚子里切开,那瓜皮看起来竟然跟一条条蛇一样,让我的脊梁骨发冷。"过去啊——"姥爷的故事总是这样开头,然后会停很大一阵子,等着我们慢慢起急,让他的故事充满戏剧的张力,"我爷爷的爷爷,有一天在地上铺了个席子睡午觉,睡起来掀开席子一看……"

我赶紧爬起来,觉得屁股底下的席子非常靠不住。

说起戏曲《白蛇传》,最喜欢的还是张火丁演的京剧那一出,我是二○○五年在现场看的。且不说唱腔余音绕梁,就是白娘子的一颦一笑,都是活脱脱的。不过总的说来,我喜欢张火丁胜于喜欢白娘子——人间事已经够烦忧的了,她又何必来插这一杠子,惹出一大笔孽债?后来我去河南的安阳搞调研,人家告诉我,《白蛇传》的传说是源自当地的金山徐家沟村,到了南宋宋室南迁时,被人带到了苏杭一带,才改编成戏剧。此说未必可靠,也未必牵强。记得我在河南的汝南县挂职管文化的副县长期间,曾邀请中国民间文艺家协会的专家们,把"梁祝之乡"的大匾,挂在了该县梁祝镇——人家梁、祝、马三家的坟苑,还都好好地在那里保存着,专家们即使有疑问也说不起嘴啊!

其实,既然是传说,就用不着那么较真,只要能为中国的文化添色添彩,又"何必分襄阳南阳"呢?

只是有时候,仔细揣摩一下白素贞的简历,常常会有世事无常之慨,又会有"千里姻缘一线牵"之叹:

　　素贞我本不是凡间女,

　　妻原是峨眉山一蛇仙。

　　都只为思凡把山下,

　　与青儿来到了西湖边。

　　…………

　　爱情这东西,不管是在西湖、峨眉山还是徐家沟,你只要给它点阳光,再怎么着它都会灿烂——这可不是传说。

# 陈年旧事

小凡的母亲活到九十多岁才死，我不知道这是不是一件好事，因为小凡比她母亲早死了近三十年。这三十年她是怎么熬过来的，不得而知。如果不是小凡母亲的死，我真的也想不起小凡的死来。这事当时闹腾得挺大，沸沸扬扬的，成为全省一大新闻。不过，一直到最后也没有弄清前因后果，以不了而了之。

那一年很多事情阴差阳错，现在想来的确吊诡。我中专毕业，工作还未就绪，就又接到省城一所大学的录取通知书。想着终于离男友近了些，交通也方便了。谁知好日子没过多久，到了秋天开学的时候，他也接到通知，要到上海一所法学院进修。我们见面更难了，写封信要好几天才能收到。

会不会因此而郁闷，现在想不起来了。反正在记忆里，那一年的秋天好像没几个晴天，天空总是阴沉沉的，让人心里格外不舒服。到了冬天，一个飘雪的傍晚，我和闺蜜到校外吃兰州拉面。

回来发现男友给我留的一张字条,说是他有急事回来了,让我在寝室等他,一会儿办完事过来。我斜躺在被窝里看书,很晚了才听见他在楼下喊我。趴窗户上能看到他站在昏黄的路灯下,头上身上都是雪。我赶紧拿了把伞下楼,还没到跟前,他就急切切地跟我说,是邹主任把他召回来的,她家出事了。

出什么事了?我问。

他用奇怪的眼神盯住我,说,她的女儿被人杀了!

一团寒气攫住了我,在昏天暗地的雪幕里,我觉得简直像在梦境中,莫名其妙地浑身发抖。就在前几天,隔壁农学院也发生了一起命案,一个女生被人用砖头砸碎了脑袋。还没等公安开始侦破,凶手,也就是另一个女生,在学校门前以自杀的方式撞上了一辆载重卡车。

当时,我们闻风而动,蜂拥着跑去看热闹。警戒已经拉开,我们被挡在现场警戒线外。出事的两个人不住学生宿舍,租住在宿舍楼前的小平房里。后来我才知道,这自然是由于被害人家庭背景的特殊。那时虽然是冬天,但空气中弥漫着一阵阵热甜的血腥。血是从小平房的木门下边渗出的,黑乎乎的一摊。围观的人群中有死者的同学,她们在议论她。说她漂亮,穿戴时尚,挺和气的一个人……不爱交际,平时只和一个同班的女生出双入对。由于我们两个学校只隔着一条马路,学生间过往甚密,我们会串联到彼此的校区,会友、吃饭,或者洗澡。洗澡是最为密切的交集之处,公共澡堂让我们很容易结识新朋友。这是那个时代的特色,寒冷的日子,除了洗澡,我们想不出还能干些什么。

死者究竟长什么模样,我有没有见过?

对死亡的反应是恐惧大于震惊。反正我们好些日子不敢朝农学院跑,晚上熄灯后会有陌生女孩子的脸孔在床铺上方飘浮。

说起农学院的杀人案,我男友说,死的就是他们邹主任的女儿,叫小凡。天啊!小凡我是见过的。我男友在机关办公室当秘书,我去看他,很偶然地与她相见。女孩伴在妈妈的身边,男友说是主任的女儿。她和气地冲我们点头,戴着厚片眼镜,白白净净文文气气的一个女孩子。虽然谦和有礼,但那种骨子里的尊贵还是能感觉到。

小凡!怎么可能有人杀了她?我震惊的程度不亚于那天的案发现场。小凡的父母都是高级干部,父亲是从东北南下的,母亲是湖北红安人,家乡是著名的将军县,她也是很早参加的革命。她是小凡父亲的第三任妻子。小凡也是他们俩唯一的孩子。

当时小凡的父亲是地委书记,一个近千万人的地方的一把手。据说他在新中国成立前就有很高的职务,因为婚姻问题,也有人说是作风问题,连着降了好几级。这在那个年代,在他们这些老革命身上,都是很正常不过的事。小凡的母亲是地区司法处的办公室主任,能写会画,据说过去在文工团待过。

邹主任有几次安排我的男友和司机过来接送小凡,男友可以趁机来看看我。而我和小凡却一次都没再遇见过。关于那个叫小凡的女孩，男友也极少谈起。恋爱中的年轻人，见面热切，我们不可能把时间浪费在别的人身上。

因为接小凡，男友认识了小凡的同学，也就是后来杀死她的那个女孩。她叫王梅，据男友讲，她个子不高，胖胖的，圆圆的饼子脸，鼻梁上散落着不太明显的雀斑。

她为什么对小凡痛下杀手，到后来也没弄清楚。据说是小凡的父亲不让公安继续调查下去了。杀了小凡之后，这个孩子也自杀了，钻进一辆拉水泥的载重卡车的轮子底下，据说死相惨不忍睹。

对于小凡的父母来说，老年丧女，而且是他们唯一的孩子，这种打击带来的绝望别人是不能体会万一的。尤其是小凡的母亲，身体不好，神经衰弱，饮食也很差。小凡死后，她几乎变成了一个木头人，很少说话。

邹主任让我男友赶回来，是帮助他们家整理、修订来自全国各地的亲戚朋友怀念小凡的文章和诗稿的。他们的家族特别大，朋友战友也很多，寄来的诗稿、文章叠床架屋。我男友那时候是一个小有名气的诗人，文章写得也好。也正是通过男友，我对小凡的死有了大概的了解。

男友说，小凡和王梅是高中同学。王梅家庭困难，从和小凡做同学开始，她的学费和日常穿用，都是由邹主任资助的。后来高考报志愿,也是邹主任包办,说是为了相互照应,让她们报了同一所学校。但王梅那一年的考试成绩,比小凡高了二十多分。

在小凡的遗物里,最多的就是她和王梅的合影,两个人的头靠在一起,像亲姐妹一样。只是小凡过于漂亮,更衬得王梅有点呆。小凡的家里人说,每次小凡买衣服,都会有王梅的一份。在学校里,开始她们住宿舍上下铺,后来因为王梅的孤僻和神经衰弱,邹主任应小凡的要求,每个月出二十块钱,给她们租了学校的小平房。两个人天天形影不离,每个周五,小凡的妈妈派人把她们接回去,周日下午再把她们送回学校。小凡的父母也确实把王梅当成自己的闺女了。

让小凡的家人最不能接受的,是王梅对小凡和她家人莫名的仇恨。她在遗言中连着写了几十遍"我受够了!我受够了!我受够了!"那种绝望和愤怒,现在想来依然令人毛骨悚然。所以,这事发生后,小凡的外婆,一个精神矍铄的老地主婆,不断地絮叨小凡的母亲,说一碗米养个恩人,一斗米养个仇人。过去咱们老家,越是对长工好的地主,最后死得越惨。

"包括你爹!"她恶狠狠地用手杖敲着地板。

"所以啊,人,就没有满足的时候!"她总是要补上这一句。

莫非,王梅是因为嫉妒杀死了小凡?这个说法当时几乎是大家的共识。

每当听到岳母的这些话,小凡的父亲便会严厉地制止她的胡说八道。这个从战争中走出来的高级干部,对人民群众的阶级感情压过了他的悲伤。他安排秘书给王梅的村人送些钱物,让他们给孩子善后。他认为,两个孩子之间,不管谁对谁错,人已经不在了,就都是受害者。这件事情过去很久,那时候男友已经从上海进修回来当了律师,我们也结婚了。有一次我们聊起这件事,他说为了做案例分析,后来他曾认真地调查过王梅的家庭出身和成长背景。

他说的情况让我很是吃惊。

王梅的父母都是阀门厂的工人,他们为什么离婚,王梅到死也不清楚。那时她只有四岁,父母有一天说要分开。妈妈收拾行李,她蹲在门口看热闹。那时候离婚,家里也没什么财产,房子是单位的公房,所以俩人大路朝天各走一边。只是临到跟前,仿佛才想起有个孩子,俩人都不肯要。推脱不下,直接把还没搞清楚事端的王梅扔在了大街上。

那是寒冷的冬天,在寒风里瑟瑟发抖的王梅根本不知道发生了什么。行人和街坊邻居都立在街边看热闹,没有人同情关心她,他们只是等待着故事怎么结尾。站在人群中的王梅,最终从周围的讥笑里,知道了羞愧二字。她还不到分辨是非的年纪,把父母的羞愧完全承揽于自身。"羞愧"这两个字,几乎影响了她短暂的一生。

后来有人通知了她的祖母,一个面恶心善的老太婆。她赶过来把孙女领回了家。祖母寡居多年，儿子结婚后，她独自生活。祖母先把那对狗男女骂了千遍万遍，回头又骂王梅是扫帚星。但毕竟祖孙之间还是打断骨头连着筋，王梅被祖母领回家中，总算有了栖身之所。

妈妈给了她什么呢？她爱她吗？爱多少？王梅还是想妈妈，小小的人儿已经有了心机，她竟然打听到再婚的妈妈住什么地方。有一次她偷偷跑去看她，躲在破败肮脏的墙角。等了一天，才看见妈妈从外面回来。她发疯般地跑向妈妈，扑过去抱着妈妈的腿痛哭。妈妈慌慌张张地把她领到一个小卖铺里，买了一盒饼干给她，再三嘱咐她说，再也不能过来了，否则她也会被赶到大街上的。王梅怀揣着那盒饼干回到祖母家，招致的是一顿暴打，并被警告说，再敢去见那个不要脸的女人，还把她扔在大街上！

从此，她再也不敢在祖母面前提及妈妈。她又偷偷地去过几次，站在暗处看那个神色惶恐的女人。她憔悴、疲惫，脸上从来没露出过一个母亲应该有的慈祥。从心里，王梅觉得离她越来越远。极有可能，她的妈妈也是这种想法。不久，妈妈就随着新家庭迁去了外地。

哪个"外地"？有多远？王梅再也没有得到妈妈的任何信息。

祖母睁开眼睛就骂人，骂她的爹，骂她的妈；骂她吃得多，骂她穿鞋子太费，骂她头发辫难梳，骂她睡觉磨牙……小妮子却在祖母的咒骂中一天天水灵起来，衣服穿得整齐，辫子梳得周正，祖母的骂里又加了新内容:小死妮子,你也会笑啊!

确实,她只有那个时候会笑,后来再也没有过。

祖孙俩相依为命,王梅过了几年温馨的日子。十岁那年,祖母正在烧火做饭,一头栽地上死了。

奶奶死了,王梅一滴眼泪都没落,跟着父亲回到了他的家。只是出于无奈,父亲收留了她。继母指着她,对她的父亲说,白眼狼,谁养也白瞎!父亲是一个懦弱的人,日子过于艰辛,三十几岁就谢了顶。卑琐的穷男人,每天全部的愿望就是晚上的二两劣质白干。喝了酒,两个眼睛才会泛出光亮,才会对他的女人有了身体的欲望。为了每天那一瞬间的快活,他对他的新妻唯命是从。结婚这几年,又连着生了两个孩子,日子紧得喘不过气,又总是穷着。王梅几乎承包了一家人的活计,洗衣做饭什么都干。后妈不打她,她只是指示父亲打她。放学回来的路上跟同学多说一会儿话,父亲提着耳朵能把她扔出老远。很长的时间里,她的一只耳朵是没有听觉的。她熬下来了,对于她来说,有个屋檐就是最大的福分。她不恨她的父亲,后来他死的时候,她也不曾为他哭泣。但她一直都记得,有一次放学回家,无意间看见父亲蹲在路边的树丛里,狂热而专注地吞咽着一块猪头肉。吃完了,他把手埋在土里使劲揉搓,唯恐留下痕迹。他在偷吃,馋急了,若是被继母发现,绝对又会是一场大闹。王梅的眼泪夺眶而出,她不再恨这个男人。

祸不单行,在一次工厂事故中,王梅的穷父亲遇难了。继母领到赔偿金,直接把她送回到父亲的老家。村干部出面把她收留了,交给一个五保户寄养。靠着村民东拼西凑,她终于坚持把初中上完。王梅也争气,没有辜负大伙的期望,考上了市里的重点高中。

小凡是在高中结对子帮扶的时候认识王梅的,这个出身于官宦之家的千金小姐,被王梅的独特性格深深吸引。她天不怕地不怕,独立,外表自尊,说话办事总是胸有成竹的样子。可能更重要的还有她的贫穷,那贫穷握在王梅手里,像一件闪闪发光的利器,夺人眼目。在那个时代,富裕就是耻辱还是一种共识,而安贫乐道则是一个比较被赞美的词。

小凡衣来伸手饭来张口,对轻而易举就能实现的愿望麻木不仁,甚至有些倦怠,她从来不懂得贫穷意味着什么。但从王梅身上,她看懂了。

两个人做成朋友,是小凡锲而不舍追求的结果,这让王梅有种被逼无奈的感觉。小凡第一次把她领回家中洗澡,当她看到王梅穿着两条内裤的时候,大惑不解。王梅在她面前大方地脱去内裤,平静地告诉她,两条内裤都有破洞,但是不在同一个位置上,两条一起穿才能遮住屁股。

当时,不是王梅,而是小凡,感觉到羞愧难当,为自己生活在一个锦衣玉食不劳而获的家庭。从此,作为独女,小凡就把王梅当成自己的亲姐妹,而且这个空旷寂寞的革命家庭也乐意接受她。我常常揣测,这到底是爱还是怜悯?是小凡喜欢感受王梅被爱包围的样子,还是喜欢因为对王梅施爱而崇高的自己?

开始的时候,王梅还故意躲避这一切,随着时间的推移,尤其是小凡家庭的积极介入,王梅逐渐适应了这一切。但面对突然来到眼前的东西,王梅并没有喜形于色,更没有那种无法跨越阶级的休克感。

任谁都不可能想到,会发生后来的一切。

从这个故事的内在逻辑看,始终不能解释王梅为什么要杀小凡,而且,她们的同学也从没有看出她们之间有什么芥蒂。在出事那个星期,王梅和小凡是在小凡家一起吃过晚饭去的学校。王梅爱吃包子,小凡的妈妈还专门给她们带了一兜包子。

据后来大家比较一致的意见,说王梅是因为在与小凡的比较中,看到了自己未来日子的全部,因而产生绝望而杀人。这样说虽然全是猜测,但也未必没有道理。我曾经看过一个资料,意思是说很多人认为,个人所获得的社会经济地位是由其能力和努力所决定的。其实真实的情况并不如此,个人的努力虽然重要,但不是决定因素。尤其是所谓的富二代、官二代,他们的优势并不仅仅在于对物质财富的继承,更重要的是,通过家庭所传递的文化资本和社会资本,是贫穷家庭的孩子几乎接触不到的,而这种不平等,才是他们根本难以逾越的。所谓"我奋斗了十八年,就是为了跟你一起喝咖啡"就是这种心酸的现实写照。父母的文化涵养、社会交际这些无形资本看似无关宏旨,但这种家庭环境的耳濡目染能够让子女见多识广、眼界开阔,文化上捷足先登,使得他们最后的成功表面上看起来完全是个人努力的结果。所以,对于文化资本、社会资本都极端匮乏的社会底层子女而言,他们永远不可能与优势阶层子女置于同一起跑线上,也就很难取得所谓真正的成功。也就是说,真正残酷的现实是,人从一出生,就基本上决定了自己的未来。

莫非,王梅就是看到了这个巨大的黑洞而感到了恐惧和绝望,才愤而杀人吗?

其实,时过经年,我越来越喜欢从世俗的意义上思考这个案件,我宁愿相信,它是"爱"惹出的祸端。小凡拥有那种与生俱来的爱与被爱,与父亲母亲的亲近,即使上了大学,回家仍然可以坐在父亲的膝头撒娇;还有众星捧月般的呵护,尤其是那么多优秀的男孩环伺左右,他们为小凡的一个表情欢喜或忧伤,在意她些微的情绪,刻意放大并反馈给小凡。所有这些,打造了一个密不透风的金钟罩环护着小凡。而始终在她左右与她形影不离的另一个女子,却被人漠视到几近于无。对于王梅来说,一辈子见不着这些,也就无所谓了。但离"爱"如此之近,她却感觉不到丝毫温暖,甚至还可能是一种冰凉刺骨的感觉。也许在那一刻,她真的被"爱"伤害到窒息了。有些情谊,若不是被另一些局外人拆穿,可能一辈子都深信不疑。但是某一天,你突然看到了真相,被震撼的疼痛要延续很长一段时间。不过,时间久了,慢慢就麻木了,就像我此刻坐在这里书写,如同讲述别人的故事。

我的生长环境不及那个叫小凡的女孩。我的父母是地方干部,他们都是不善对孩子施展温情的人,但我不至于缺少父母之爱。与别的孩子比起来,还算是在不错的家庭环境中成长吧。我和小凡大抵可以划成同一类人,我们的缺点是,不会设身处地去考虑别人的感受,一厢情愿地以自己的思维去理解周围的事物。我们也有优点,心中没有恶,遭遇到的幸或不幸对我们构不成大的影响。感性、轻信、容易被感动。哪怕有失望,很快就会点燃起新的希望。不记得在哪里看过这样一句话:童年成长的环境,可以奠定一个人一生的生活态度。

上大学时,八个人一间宿舍,六个人都是来自农村。另外的那个城里的女孩,父母是下岗工人,比农村的孩子只是多了更多的不平和怨怼。她们对我客气着,却像私下商量好一样,都不与我多说一句话。学校先是指派我当班里的团支书,接着又让我做系里的团委书记。我能感觉到我的优越让她们反感。我极努力地想与大家搞好关系,买水果、买点心给大家吃。她们当我的面都不吃,若我出去一会儿,顷刻之间就没了,什么都不给我留下。不知道都谁吃了,更不会有人说一句感谢的话。宿舍脏得让人掩鼻,谁都看不见,卫生几乎都是我一个人包揽。我真诚地想要和

41

大家做朋友，她们却视而不见。

　　青青在那个时候帮助了我（请原谅我不能说出她的真实姓名，这是对一个人的尊重），我曾经多次对我的女儿谈及青青，称她是我大学时期最好的朋友。某一天，她从汗流浃背的我的手里接过拖把，帮助我一起承担为集体服务的工作。青青对宿舍里的人说，她在家里什么农活都做过，她身体棒，不干活会歇得骨头疼。我觉得她那时是真心想要帮我，是看不惯大家对一个人的孤立。后来的一切都是我强加给青青的，我死缠烂打地做了她的好朋友。青青良善，她拗不过我。青青的家庭状况不好，姐弟四个，她是老大。父母除了种庄稼，连村子以外的地方都很少走动。她是完全靠着每月十八元助学金生活的孩子。她自尊，吃饭总是一个人躲在角落处，一份咸菜将就一天。我每顿饭多打一份菜，一定要腻着和她一起吃，并骗她说吃不完就要倒掉，而且还真倒了两次。于是，她只好吃掉剩下的那一半。我送给她生活用品，担心她的棉衣不能抵御郑州干冷的冬天，把妈妈新做的棉袄送给她，回家谎称丢了，让妈妈给我另做一件。我吃任何零食，若是青青不和我一起吃我就觉得不香。她不在，我就留下一份给她。我喜欢这个女孩，善解人意，淳朴厚道，说不上有多漂亮，但看久了，觉得哪里都是好看的。青青是个懂得感恩的人，后来几乎包揽了我所有的劳动，洗碗洗衣服，换洗床单被褥……无论我怎么阻拦，哪怕闹到翻脸，她仍然去做。我们几乎是形影不离，看电影逛街，包括她相对象,都要我跟着拿主意。我不喜欢的男孩,她再不肯与人家见第二次面,她绝对听从我的意见。

毕业的时候我们都哭了,舍不得。那时是大学生稀缺的年代,我分到了机关,青青分到老家的县上。我从未怀疑过她的能力,聪慧,勤勉踏实,又善于学习。踏入社会,我们各自成家立业,对她的每一点滴消息我都在意,为她高兴,为她的成就骄傲。但毕竟天各一方,几乎很少见面。

毕业二十年同学会的时候,青青已经做了一个地市的副市长。我注意到了她的变化,衣着讲究,搭配得体,外套里面的小背心都是名牌,细节处更见功夫。我们相见甚少,难得有坐下来聊天的机会。好容易聚在一起,我一直看着她,难掩内心的激动,想着有很多话要说。可不知道为什么,她始终躲避着我,不给我说话的机会。终于趁她起身去洗手间的时候,我尾随而至,热切地揽住她。她也表达出欣喜,但很快便挣脱开。她几乎是急切地、略微有点祈求地对我说,她不想再回想过去的事情,毕竟都过去了;弟弟妹妹都考上学进城了,父母亲也被接进城里。感谢老天,现在的生活很好了。

而且,"过去的一切,都别说了,好吗?"

过去? 一切? 我陷在一种迷茫之中,一场聚会都不知道再说什么。聚会结束后很久,我遇到同宿舍的另一个同学,我记得大学四年我们几乎没有说过几句话。她说,现在我们越来越知道了你的好,你是真的真诚、单纯,我们中间任何一个都比你想法多。唉!那个时候,我们都觉得你是在欺负青青。

几个月,甚至几年之后,我才慢慢平复。放在彼时彼景里,是我在利用青青,还是青青利用了我?我和她的友情之间,是她伤到我,还是我伤害她更多??记不清楚是哪一年了,在北京遇见小玲,我和她曾经一起在某学院进修过。见面很意外,但是小玲非常热情,虽然时间短暂,但她执意要和我聊聊往事。她说,你和某某联系过吗?我回答说没有。她说你知道吗,当初某某还给你的两千块钱是我们大家凑的。

某某?还我两千块钱?我本来因为赶时间而不想聊天的急躁一下子被这句话冲散了。我们在酒店大堂的茶吧坐下来,点了两杯龙井。

我慢慢记起某某的一些往事,一个从偏远省份来北京寻找生计的女子。说起那种为某种个人偏好的进修,大家都是从全国各地蜂拥而聚,然后像退潮的海水一样,哗啦一下就散了去。而且散就散了,散得彻底,绝大多数人可能一辈子都不能再见面。某某是一个热情的女人,渴望温情,善于倾诉。很可能在某一个下午的私密诉说中,某一个故事的某一个节点打动了我。我与她做了朋友,倾听她的诉说,安慰她。我们那时无话不谈,一起吃饭、睡觉,相处得闺蜜一样。她是两个孩子的母亲,两个孩子不是同一个父亲,现在她独自带着两个孩子生活,没有固定工作,大约是在某个单位帮人搞个策划写点文章什么的。她自己这样说，但是至今，大家都不知道她写过什么。有一次，大家聚在我的房间聊天，我忙着泡茶，就请求她帮忙，把一个柚子剥开给大家做茶点。我转身的工夫，她就把事情搞定了，完整的柚子被她用刀连皮切成了细碎的小块。所有的人都笑了，我开她玩笑，亲爱的，柚子是剥开一瓣瓣分开吃的，咱没吃过柚子啊？完全是无心之语，又加之亲密。她后来跟很多人控诉，说我看不起她。我听说这件事情后，没有心生芥蒂，反而向她道歉，我真不知道她从没吃过柚子。即使没吃过，又能如何呢？反正这件事情没有影响我对她的友谊，我有时逛街，遇到喜欢的书或者孩子用的东西，还会给她带一份。

过了许多年，通过小玲的叙述，我才知道我所有对某某的关爱，都成了我的罪状。她一边受之无愧，甚至表现得感激不尽，一边却不住地对别人控诉我的施舍羞辱了她。就在这中间，她哭着向我求助，说她与第一个丈夫离婚时，女儿是判给她抚养的。她这次来北京进修，女儿寄养在前夫那里。前夫不停地打电话写信威胁她，如果不按照双方商定的条件，每个月给他五百块钱抚养费，就把女儿给她送到北京来！她无计可施。后来，她开口向我借两千块钱先应急。那时候没有银行卡，汇钱也非常麻烦，我身上的钱不够，就跑着找朋友凑了凑，给了她两千。而我却断了花销，几乎好几天都是靠方便面打发的。后来这钱她一直没还，我也根本没想着要,更未对任何人说起过。若不是小玲提起,早已经被我忘到九霄云外了。

小玲惊得眼珠子差点掉落,她张大了嘴巴惊叹,天啊,她没有还你钱?我点点头,不知道说什么是好。小玲叹道,她在我们面前控诉,说自从借了你的钱之后,看到你就像脖子上勒了绳子,你高高在上地压迫着她,她每天呼吸都很困难。大家出于对她的同情和对你的愤怒,凑了两千块钱,让她立马还给你。

我悲愤填胸,却又无言以对。只是分手的时候我对小玲说,若是我再见到某某,我一定讨回那两千元。我觉得那不是钱的问题,那是钱根本解决不了的问题,它比钱要大很多!

谁能想象,几年后,某某竟然找上门来。她来这个城市,要写什么电视剧,一定要和我见一面。她是要还回那两千块钱吗?我心中吃了虫子一般厌恶,几次三番推托不过,碍于面子,请她吃了个饭。

她这些年过得肯定不好,生活艰辛留下的痕迹都堆在脸上和身上。我不知道该怎样形容她的穿着,总之是一副霉相。她说,来我们这里写剧本,因为有我,让她觉得这个城市很暖心,她希望能在这里一如既往得到我的帮助。但她丝毫未提还钱的事,一个字都未提。

到底是硬不起心肠替自己找回公道和为小玲她们讨还那份欺骗。其实仔细想想,对她的惩罚,生活已经兑现了。眼下,我只想远远地逃开，再也不要见到她。

再也不！


　　我们家属院就在单位楼下，所以上下班很方便。最近因为劳动力紧张，单位换了几个年龄大的保安，还找了一个进城的农民看车棚。没有多久，这个农民就把老婆和孩子接了过来，一家人就住在车棚里。夫妻俩很勤快，打扫院子和楼道，有时候还帮助大家搬提一些大件的东西，所以院子里的住户，对他们都很客气。

　　他老婆没什么工作，就在院子里靠收废品增加些收入，有时候还在门口挂个牌子，收外面的废品。开始院子里的人颇有微词，害怕不安全什么的。后来时间长了也没觉得给我们的生活制造什么麻烦，大家也就不再说什么了。

　　我们家人少，有时候有些旧书旧报或者用过的快递纸箱子什么的，我都让家里的保姆送给他们，从来没收过钱。有时候家里吃不完的东西，不喜欢存放在冰箱里，也送给他们。一来二去，他们一家人跟我家保姆建立了很好的关系。有时候保姆回家休假，会把狗狗寄养在他们那里。家里的花花草草快养死了，保姆也会搬到他们那里，让他们把花盆当废品卖掉。

　　有一次，因为天气骤变，我回家取一件衣服，发现那个农民正在家中忙着往外搬东西。原来是保姆收拾东西，一些过季的衣服、鞋子什么的，她都做主给了他们。

过去这些东西也都是保姆负责处理的，我从来也没过问过，所以当时我没说什么，取了衣服就走了。中午回来，我对保姆大发雷霆。自己也不知道哪来那么大火气，反正总觉得有一股无名火在心里顶着，不吐不快。说些什么我都忘了，主要意思就是，她不该把一个我们并不了解底细的农民领进家。最后警告她，不经我允许，今后不能把任何人领到家中来！

发过脾气，我也没把这件事放心上。过了不久，保姆说是家里有事，辞职走了。新来的保姆人不错，很快就跟那家人处得很好。但我没忘记提醒她，不要往家里领陌生人。

那年临近春节的某一天早上，我刚刚起床就听到有人敲门。开门看看，是看车棚的农民和他老婆站在门口，俩人都是满头大汗。他们的身后放着十来盆花木，都是过去保姆送给他们的，谁知道他们没扔掉，都细心替我们养着。男人站在我家门外，把花一盆一盆地搬进室内，任我怎么让他，他就是不肯进来。

那一阵，我真的很惶惑，也很愧疚。

终于搬完了。男人一直跟我津津有味地介绍着几盆花，说当时人家卖花的怎么黑心，盆里的土下面都是塑料泡沫，他只好跑到工地上淘些土。还说起那两盆牡丹，要多少时间浇一次才能按时开花，水不能太多、太勤。

我走出门外，坚决把他们俩往屋里让。他显出一副被烫着似的表情，拉着老婆逃也似的走了。

那年的大年初一,因为女儿一家要回来过年,我特意提前几天在楼下的饭店订了两桌年夜饭,其中有留给这个农民一家的一桌。谁知道没等过年,他们就回乡下去了,说是大儿子要结婚。过了年,他们也没再回来,看车棚的也换了人。我也曾打听过他们的消息,院子里的那么多人,竟没一个说得清楚他们从哪里来,又去了哪里。

# 家庭菜事

　　小时候的女儿与她现在的儿子一样,极不爱吃青菜。我就给她讲我过去的故事。我们上大学那会儿,学校没有暖气,几个室友就凑钱买只煤火炉子。烧的蜂窝煤是从教室里拿来的,其实是偷,每人下课后偷偷装书包里一块煤球,六七个人加起来,足够一天取暖用了。有了热炉子,仅仅烤火取暖就太浪费了。我们就煮一些吃食,什么都煮,土豆红薯胡萝卜。也常买两棵几分钱一斤的大白菜放在床下,下了晚自习,将白菜剖开,叶子整片地码在烧开水的壶里,只放盐,清煮白菜,味道却鲜美无比。女儿听了,果然嘴馋,嚷嚷着要我也煮白菜给她吃。我专等她放了学,煮一锅白菜汤,当然不是清水煮,用吊了半个下午的高汤,加一把干虾仁,放生姜葱白和她喜欢的红辣椒和花椒。这白菜汤她有滋有味地吃了一整个中学时期,只吃得颜面如画,身轻如燕,一路健康地把自己吃到大学里去了。

后来我遇到一个老将军，七十多岁的人了，看起来只有六十来岁。问他养生秘诀，他伸出两根指头说，两条，第一是每天一万步，第二是晚上不吃饭，清水煮白菜，加两个鸡蛋，盐都不放。呵呵。

我的青春期，整个北方冬天的素菜似乎只有萝卜白菜。妈妈换着法吃，白菜炖豆腐，萝卜丝炒粉条。遇着好日子，会有猪肉片猪杂碎和海带木耳熬进白菜豆腐里，叫杂烩。杂烩当时是硬菜，谁家来了客人，就熬杂烩，那味道能香半条街。

我生女儿是阴历五月天，西红柿刚下来。我盼了一个冬春，就是想吃鸡蛋柿子面。婆婆到集上走了一趟，回到家却从床底下翻出一瓶自制的西红柿酱，装在输液用的盐水瓶里的那种。头茬的柿子贵，她舍不得买。这事，我笑话她许多年，说她吝啬。一直到现在，我也极爱吃西红柿酱，捞面条或者大米饭，就配这酱。将几只西红柿切碎，炒锅里加少量清油，微火慢炒，直炒出一碗鲜红的西红柿糊，拌在菜和饭里，胜过任何调料。

时下物流迅捷，南北方的蔬菜果子五彩缤纷，任性的青菜也完全不顾及四季，一茬儿一茬儿地在大棚里疯长。秋葵鸡毛菜茼蒿择耳根，这些过去从来没听说过的菜，一种一种地吃过来，回过头来掂量，吃来吃去竟还是最爱那萝卜大白菜。就连包饺子，也还是猪肉白菜的味道鲜美。

我子孙满堂的母亲素来被人赞为治家理政的高手，在北方，她的厨艺就算比较好的了，也只不过会做几种家常的饭菜。我父亲最爱吃她做的芝麻叶杂面条，把红薯面和豆面和在一起，饧半个时辰，然后手擀。面揉得瓷实，擀出来薄如蝉翼，细若发丝。面醭撒得多点，下出来黏黏稠稠，除了放用葱花香油浸腌过的芝麻叶，也放一点小菠菜或者韭菜调味。这面条我父亲吃了一辈子也没吃够，哪怕在外面应酬吃大餐，母亲也总是擀了面条在家等他。

父亲的晚年，有时候孩子们请他出去吃海鲜，吃名贵的鲍鱼、海参。他可惜钱，强撑着把每一道菜吃完，却几乎每次都会吃病一场。他非常不屑地评价，什么鱼翅燕窝，不如吃一碗你妈炖的大锅菜顺口。有时回来还跟我们算账，你们请我吃一顿饭花五百块——他总是喜欢用手比画着五百块——交给你妈能买一家人半个月的菜，而且顿顿吃得舒坦得劲。我父亲除了崇拜我妈，一辈子没赞扬过别的女人。估计我的父亲母亲一生都没说过一句爱不爱的话，他们不过是平常的米面夫妻，但我们都深知父亲对母亲的依赖。他性情急躁暴烈，但和我妈过了五十多年，从来没有过一次口角。虽然父亲从没说过，但我知道他很恐惧生命里缺少我母亲。母亲偶有不适，他总是跟在旁边，逼她吃各种药，害怕我妈会先他死掉。父亲的眼中，这个世界，只有我母亲一个女人是会做手擀面的。如果没了她，他担心从此水深火热，没了饭吃。

女儿成家后请了阿姨做家务，自己却不学无术游手好闲，连

52

碗面条都不会下。每次我去她家，都成了专职厨娘。她爱吃我煮的汤，我做的饺子包子，我蒸的素面条和红烧肉饭。我有时会用一天的时间煲一只老鸭，鸭子捞出来拆成丝，用鸭汤煮小锅烩面，里面放上木耳黄花菜千张豆皮，起锅时滴一点麻油，放一撮香菜和蒜苗。女婿一口气能吃好几碗，意犹未尽地说，妈，我们可以在北京开个烩面馆了，保准生意好到爆棚！

其实我并没有专门学过做饭，只是母亲平时做饭，我比较留心罢了，所以我每次做饭都刻意让女儿在旁边瞧着。无奈，朽木一块，心完全不在锅灶之间。由不得感叹，这家传的手艺怕是传不下去了！你们想吃家常菜，有会做菜的妈妈，你们的儿女想吃的时候，他的妈妈还会做吗？女儿说，我儿子已经不家常了，他就爱吃西餐！

我听了后一时怔怔。所谓传统，在他们眼里是一钱不值的。估计在他们后代眼里，就更不值得说道了。我觉得，现在需要讨论的是，传统已死还是传统必死？好像前一段时间，媒体上还在讨论为了迎合国际市场，怎么样才能使中餐标准化。中餐标准化是一剂毒药，就像中医一样，硕士博士满街走，可真正的中医大师哪里还有？

女作家潘向黎写过一篇小说《清水白菜》，端的就是有外遇的老公，因想念老婆的一碗下饭的汤，从而回心转意。我和我老公生活快三十年了，我们的婚姻还算和睦。我不清楚一直没有离婚的原因,是不是他尚且满意我这个能下得了厨房的老婆?虽然这是个家庭问题,但不知道是问得,还是问不得。

# 定制幸福

每到春节，好像总得说点什么才算结局。实际上，靠码字为生的人和引车卖浆之流，本质上也没多大差别，如果有，也无非是人家盘点财货，我们盘点心情。当下，这心情越来越禁不住掂量，尤其是到了年关，总是有一股挥之不去的失落感。结婚成家之后，很多年都是如此，那种失落说不清楚是为什么。结婚之前，那时父亲还在，他会带着全家人回老家一趟。站在祖父母的坟前，他总是提醒我们说，这里是我们的老家，我们的根。那个偏僻的地方，虽然我一次次地走进它，但感觉依然陌生，甚至认为回去是额外的负担。随着父亲故去，那里逐渐淡出了我的生活。我既非生于斯，也非长于斯，凭什么它就该是我的故乡呢？可话又说回来，如果这里不是故乡，又会是哪里？所以，每到过年，听着周围一片回家看看的声音，心里越发没底了。

我生孩子的时候，公公婆婆非让我回老家去不可。那时我公公还是一家乡镇医院的院长，估计是觉得回去一切事情都好办。当时我的胆子也忒大，什么都没想就回去了。后来再回想起来，总是会惊出一身冷汗。那个地方没电，也没有一个科班出身的妇产科医生，如果难产，后果不堪设想。可老公不这么看，他觉得老家最安全，不会出任何意外。那时候交通不便，几乎每个月他都要回老家看看。逢年过节还非得让我和女儿跟着他转几趟公交车跑回去。晚上，他会带着我们到村子南头的一条河边赏月。月光确实很美，但我心里清楚，如果不时时刻刻注意脚下，很可能会走到路边的粪坑里。

这样的故乡，依然常常唤起我们的思念之情。我们心里的故乡，天肯定是最蓝的，水肯定是最清的，人肯定是最淳朴善良的。但如果刻意去寻找，也会如《桃花源》里的武陵太守一样，"寻向所志，遂迷，不复得路"。在小说《半生缘》里，曼桢对几十年前的旧爱说："世钧，我们再也回不去了。"回不去了，再也回不去了！

随着城市化的加速，"乡愁"正在成为一个越来越宏大的叙事，进入我们的生活，它成了现代的反面，好像城市化是一场意料之外的洪流和灾难，如果我们不紧紧拉住某些传统的东西，就会被这个洪流裹挟而去。在我们密集的话语扫射之下，城市逐渐成为这样一个怪物：它是钢筋水泥的丛林，它让我们越来越稀薄的人情味几近消失，它以非人格化的冷漠在同人类争夺最后的温存。总之，它是罪恶之都，也是罪恶之源。大部分人，尤其是在城市待得越久、对城市最依赖的人，每当被淹没在汹涌的人流里时，身份的焦虑就更明显，乡愁也就更浓烈。

真的说不清楚人们是经过怎样的挣扎才慢慢喜欢上城市的，那是一点一滴的积累，也是日久生情的功课。细细想来，如果把城市比喻为一个有生命的存在，它竟是那样的善解人意。风雨交加的夜里，如果你想出发，快捷的交通工具会让你准时到达你想去的地方。从外地出差回来，大老远你就能闻见自家楼下的老咖啡馆里飘出的浓香。上班的路上新开了一家小吃店，会让你莫名其妙地高兴半天，好像那是专门为你而开。邻居间虽然鲜有往来，但也少了很多家长里短流言蜚语。我还记得有一次一个外地朋友来看我，我们一起出去吃饭。到了一个路口，司机正犹豫着要不要拐弯，后面的一辆面包车撞了上来。我的脖子被狠狠地闪了一下，疼得钻心。朋友也闪得不轻，龇牙咧嘴地揉着脖子。我们把车子停住，面包车司机赶过来向我们道歉，羞愧得像一个做错事的孩子。但是，真奇怪，撞那么狠，两辆车子竟然都没有大碍。双方于是相视而笑，各自开车走了。

在劫后余生般的眩晕里，我突然被一种巨大的感动包围。我被自己——不，被我们几个深深地感动了。我知道，不管车子有没有撞坏，我们三个——我、朋友和司机，都会用恰当的方式来处理这个问题。如果不是损坏太大，都会若无其事地把肇事车子放走。那时候我就想，车子外面这个巨大的城市，这个让我像漂浮在汪洋大海之中的城市，这个有着庞大人口的城市，不正是靠着这样的宽容、谦让和理解黏合在一起的吗？每个人的性格共同组成了城市性格，每个人的品位共同组成了城市品位。在它看似无情的表情之下，却是被一种清晰得可以划分出边界的情感维系着。你的痛哭或者大笑，都仅仅是一个私人事件，会被城市理解和包容，用不着担心冒犯任何人。在这个自由的天地里，你能找到自己的位置，也能看清楚别人的。而与乡情比起来，你会觉得生活是如此轻松自在——从某种意义上说，乡情是一种债务。别人对你的一次小小的帮助，你都得记住并认真偿还，否则就是忘恩负义；即使人家不追讨，这笔账你一定会在心里记一辈子。

在城里，你的幸福可以期待，可以存起来，也可以一笔一笔计算出来。你可以定制，也可以反复修改——你到某年某月退休，然后就可以跟着儿女生活，帮他们做饭、看孩子，每天晚上一大家子人聚在一起谈笑风生。冬天到海南租一套房子住下来，把冰天雪地撇给北方。夏天你又来到了哈尔滨，每天在太阳岛上坐一会儿。即使不能这样迁徙，你也永远不会为天气发愁，一个小小的遥控器就可以帮你变换四季。不管在任何地方你都没什么可担心的，即使颗粒无收，也不会耽误你每月的退休金到账。在旅游途中你只关心风景，你的意外伤害保险就在抽屉里放着。每年都有人按时通知你，什么时候体检，什么时候发福利。身体上有点什么毛病也不打紧，可以选择自己认可的医院。总之，你可以从容面对自己的人生。

在故乡,这样的日子有一天也会到来。但是,你一定要相信,那故乡会变成一个微缩的城市。你离不开电视、手机、网络。你不能把自己撇在世界之外。就是到终南山隐居,你也得带上方便面、笔记本电脑和卫生纸。而你能够实现这一切,也是因为你在城市赚了足够的钱,至少是,在城市你还留下一条退路——你知道,你想退却的时候,只要回到了城市,转过那些熟悉的街角,就会有新的发现,新的机会——工作,生意,抑或是一场轰轰烈烈的恋爱。

# 花间事

　　我乡下的姥姥只识得一种"花"——小桃红。桃花和杏花自然是不算的，它们开出花朵，原本是为了结果子用的。小桃红却是不一样的，它从四五月里初放，一直开到七八月间，只是为了好看。北方的庭院，鲜见花木，乡间的女人大多和我姥姥一样，讨来小桃红的种子，撒在房前屋后，甚至移几棵苗，栽在矮矮的泥巴墙垛上，不浇水，不施肥，它们大多都能长得小擀杖一般粗细。一大蓬红得发亮的枝干，碧绿狭长的叶子，开红花，开粉红花，开白花。有蜜蜂在花间传粉，到了来年，三种花色就开到一个枝条上去了。

　　我姥姥一辈子生了八个儿女，留在身边的有六个，病死一个，还有一个女孩，我应该叫二姨的，在陕西逃荒时为了讨个活路，送给了一户好人家。我妈说，解放后我姥爷去寻过，收养的人家早已不知去向。那边的街坊问，小孩子可有什么记号？我姥爷说，手上包着红指甲——那染红指甲的颜料，就是小桃红的花朵。

如果不张罗着找这个孩子，兴许就没什么事。可既然去了，就成了一桩心事。那一年，我姥姥整整害了一年心疼病，她总是一边做活计一边捂着胸口喊疼。好像有着某种心照不宣，那一年院子里的小桃红开得格外美艳，到院子里来的人，都会被那一蓬蓬鲜活的生命招惹得不能自已。但谁想采一朵都不行，姥姥仿佛要把所有的花留给那个失去的孩子。花儿败落了，花苞里的种子一包一包地收了藏了，一直到她死去，院子里的小桃红始终茂盛地开着。平常若是有人讨要，便只管摘了去。只是我妈和小姨们却从不动那些花朵，仿佛那是她们的姐妹。

记得我小时候，我姥姥仔细地摘来眉豆叶子，将小桃红花砸成泥，加点白矾，悉心地包扎我的九个指甲。右手上的星星指（食指）是不能包的，包了会烂眼——我姥姥不信命，一辈子不让人看命，但她相信祖辈传下来的那些经验。每次给我包完指甲，却总是不停地絮聒，包了红指甲的孩子，会是有福气的孩子。小桃红辟邪，染了小桃红，孩子就会无病无灾了。

也许，唯一能给她安慰的，就是送人的那个孩子染了小桃红。

用小桃红染指甲，自然是很慢，得扎裹一天一夜，若是不小心脱落了，还得重新包一次。我们那个年纪的小女孩，指甲好像大部分都被小桃红染过。一定要有耐心，为了好看，一天一夜也小心忍着。小指甲被包得油润润的，红明透亮。小姑娘们见了面，不约而同地举起手来炫耀，美得如同小手开花。小桃红的汁液渗

61

透到骨头里，怎么洗怎么磨都不会褪色，指甲被一圈一圈地剪去，指尖处剩下一轮红色的小月牙，像极了小桃红的芽苞。

算起来，被送人的那个姨若是活着，也七十多岁了。每次遇见西安的老乡，特别是富态好看的女人，我总是忍不住问人家，你是河南人吗？你家里种不种小桃红？

小桃红如同乡间的女人，不香不艳，不娇不媚。活得很认真，也很认命，一年生的草本植物，靠种子延续。也许正因为它的生命只有一年，所以才拼命地绽放，这朵败落另一朵随即打开。渺小的一生，起承转合竟也有滋有味。谁会相信背后没有一个伟大的神在照拂这一切？

旧时代里的女人，亦是如此活法，一个接一个地生孩子，直至过了季节，枯败了，才无可奈何地放弃孕育。这番轮回，恰似一首歌中唱的"女人如花花似梦"，我猜想，这首歌的作者，一定完整地知道小桃红的花事。

上世纪六七十年代出生的我们这茬儿人，碰巧赶上国家实行计划生育，只准生一个。我姥姥不服气，鼓动我再生一个；说再生一个，我偷着替你照看！她那年已经八十多岁了，这话说得好像为了生孩子就可以揭竿而起似的。其实也不是妄言，前些年那些数目庞大的盲流，不就是为了多生一个孩子而背井离乡吗？

光景好了，有饭吃有衣穿，怎么也该生一大堆孩子嘛！她说。那声音里不仅仅是惋惜。

晚年的姥姥，几个儿女都在城市生活，她却很少去城里住着。她说城里不养人，离了地气她就生病，她舍不得她的院子和小桃红。堂屋的当间供着观音，她每天起床的头一件事就是上香。在乡间，老人与老屋能过出真感情。她们那个时代嫁人，一个是看人，一个就是看屋子。每个老屋前面，都有一眼老井。一个女人如果一辈子只住一间老屋，吃一眼井里的水，堪称功德圆满。评价一个女人，说她吃过两眼井的水，她的人生立马就会打折。

姥姥守着老屋，天天祈祷孩子们在外面平平安安，心里肯定希望他们常回来看看；但真正看到他们回来了，又心疼得不行，一个劲责怪自己。

在小桃红开开落落的几十年里，姥姥走完了她的人生。她，不过是一株多年生的草本植物。

我姥姥死后，乡下的小桃红也越来越少了。乡下的女孩子不再待在家里生儿育女，她们大多跑到城市里讨生活，指甲上涂着耀眼的指甲油，她们不知道有小桃红这种植物。指甲油是个好东西，用小刷子轻轻一抹，指甲顷刻间就变得五彩缤纷。匆忙的生计里，省出了多少可以用来奔波的时间。乡间的女孩子怕是看不上小桃红的，她们更稀罕城里那些叫不上来名字，但是一年四季都能开的花，哪怕是开在道边，被灰尘蒙面。这些女孩子心甘情愿地挤在城市的角落，用化学药水涂抹周身，企图遮蔽自己的身份。她们祈盼嫁一个城里人，生出儿女华丽转身——终究像一朵花,还是要生儿育女的。若是有人说起乡村生活的好,她们就会露出鄙夷的神色,她们比别人更看不起过去的自己。她们知道,即使开再艳的花,一辈子守在一个地方,也是生不如死。也是,我姥姥从生到死在一个院落里过了一辈子,只识得一种叫小桃红的花,她的心中是否曾经有过华丽的梦想?

想起姥姥教过我的一首民谣:小闺女儿,坐门墩儿,嫁个小子进城根儿。不念书,不识字儿,生一大堆小小子儿……

我年龄大了,常常发愁一些不相干的事物。比如有了指甲油,小桃红这种植物会不会有一天绝迹?有一天忽然在微信朋友圈里看到一种天然的染发膏,说是在新疆,有一种叫哈尼罕的植物,花朵打碎了调成泥,可以染头发,将头发染成棕红。头发被花朵滋养,油润明亮,不褪色。仔细在网上去查那哈尼罕,可不就是我们北方的小桃红!不过几年,植物染发已经成为一种风尚。小桃红不但没有绝迹,竟然成为一种产业,令人始料不及。我幻想,有一天,我们的城市会不会腾出空地,供我们种植这种叫小桃红的花草,让城里的孩子也用花朵染红指甲。

2016年7月,偶然到山西晋城的一座古寺庙参观,意外发现庙里有一间娘娘殿,我捐了功德,虔敬地祈拜。转过身,惊喜地望见院落里有大株的小桃红。求得了方丈的许可,采了一包。归来,用了三天时间染我的指甲,端着指头什么也不做。那过程,时间中的慢节奏,让人想起许多的旧事情,恍如端坐在矮凳上,安心地被姥姥细心浸染。这么安闲的时光,即使活成一棵草,又有什么遗憾呢?几十载的仓皇奔波,不过转瞬之间。那几天,花事跟心事纠缠在一起,简直让人意乱情迷。染指甲的工程完毕,我独自走到天台上,看着偌大的城市在暮色里慢慢沉没又被灯火重新点燃,竟然渐渐有了再生般的心情。

# 花间事（二）

立了秋，夜间偶尔起一阵风，不知道触动了哪一根神经，等不得天亮，急火火地想去买一件纯色的衬衣。白色、米色、淡粉、藏蓝，纯棉或者亚麻，搭配真丝的半身裙。我这怕是有点怀旧了，传统里的少女记忆。我告诉女儿，八十年代，女孩子们都这样穿着打扮。女儿说，妈妈你还真够时尚的，有一个英国牌子，叫玛格丽特·霍威尔，端的就是这种味道呢。

时装是最能应验风水轮流转的魔咒，三十年前的款式，回过头来也未必不是时尚。

在我的少女时期，有那么长长几年时间，流行尖领的女式衬衫，都是上述那种纯色，只是面料有点奇怪，叫"的确良"。作为一种布的名称，"的确良"还是"的确凉"，当时我们真是搞不明白，而且更倾向于后者。那时候这种布是一种相当稀缺的奢侈品。还有很多扯不起布的人，用日本的尿素袋子充当的确良，照样招摇过市。

那会儿的衬衣裁剪简洁,除几粒白色的小扣子,不带任何装饰。配长裤或者长及脚踝的百褶裙,十几岁的女孩,绷着一张粉脸,雅致得一派天然大方。当然,时过经年,说是"天然大方"多具有主观渲染,也可能是野心勃勃,正如鲁迅描写上海时髦女孩那样:"凡有时髦女子所表现的神气,是在招摇,也在固守,在罗致,也在抵御,像一切异性的亲人,也像一切异性的敌人,她在喜欢,也正在恼怒。"呵呵,可能就是这个意思吧,谁知道呢!

那年代可不是稀罕纯色,而是缺少花色。一整个布匹柜台,只有笨笨的几匹料子,色泽单一。不记得是从谁开始,在衬衣的领尖和袖口处绣一朵花,也是素淡的,有梅花,也有菊花。没有牡丹,牡丹在当时因为大红大紫,而被归入俗艳一派。这些小小的花朵,如同丝巾里飘出的一缕秀发,骤然俏皮了许多,很有唐诗宋词里那种疏影横斜、暗香浮动的意境。

我便是那时学会刺绣的,与素描课的勾线一样,妈妈用一个时辰工夫,便教会了我基本的针法。我极用功,初始在碎布头上反复演习,随后在自己的衣服上实验,渐入佳境,竟然帮了许多同学设计。绿衬衣上绣一片绿色的叶子,米黄色的领尖上绣一朵橘色的花朵,全靠丝线的光泽。不甚精湛的手艺,在衣服的某一处若隐若现,有着隐忍的嚣张。

十四岁那年,我得到人生的第一双皮鞋,妈妈托人从上海带回的礼物。黑色，亚光猪皮，简单的方口平跟皮鞋。这就足以让小伙伴们惊呆了。一群人围着一双鞋子相互传看，每一只脚都要伸进去尝试。过不了一个月，几乎每个女孩都有了同一种款式的猪皮鞋。穿同款的衣服和鞋袜，是那个年月的时代特色，多少新奇点的衣服便穿不出门——我们生活在集体主义的丛林里，它好像是一个安全的洞窟，只有不突出自己才能保护自己。换了女儿她们这一茬儿的作女，再怎么喜爱的衣服，若是不小心与同事撞衫，宁可在衣橱里放烂，绝不肯再穿第二次。我们对十几块钱一双的皮鞋，爱惜的程度无须详说，黑天白日用鞋油打磨，遇到雨天，真的会光脚提了鞋子走路。那些年，一双鞋子管好几个季节，搭配所有的衣服。

戴的第一块手表是念高中那会儿，小姨夫从海南岛买回来的走私表，英纳格。它只有五分的钱币大小，银色的钢表带，煞是好看。走私表货真价实，上发条的机械表，戴好多年都不坏。看见有人，就会不停地举手看表。姥姥看见，便不屑地说，这不就是我们年轻时戴的银镯子？姥姥若是活着，肯定会惊奇不已。这几年的女孩不怎么戴手表了，许多人喜欢戴只银镯子，说是好看，又有排毒功能。

许多年后，我在香港买了一枚石榴石的戒指送给小姨，是为了报答小姨夫送的那块表，它让我在少女时光，拥有了一种物质自信。小姨夫那会子在海南岛服役，低级军官，料想手头也不会

68

有几个钱,买那样一只坤表,不知道会攥湿多少张纸币。

这些事物,之所以记得如此清晰,是因为物质的匮乏和精神的单调。生命中有几个小小的惊喜和点缀,铺陈到很长的岁月里,竟然一一成为成长的记号和回忆的路标。我们城市户口的小孩身上,好像都有几样宝贝物件。农村户口那些孩子则很少,或者根本没有。其实在那个年代里,阶级阵营已经十分明显。不管多漂亮、多优秀,只要你是农村户口,就注定在田地里终老一生。只有到了改革开放后,市场才把"公平"这个东西还给我们每个人。现在很多人都在怀旧,其实那样的旧是"做旧",不是真实的历史。

还记得有一年春节,好容易凑够两块钱的压岁钱,直接跑去商店买一只看上很久的人造革钱包。钱包上印有两棵椰子树,旁边还缀着一颗又圆又黄的月亮。那是多么神奇的植物啊,那么高大,那么俊秀,那么浪漫。就为这两棵树,两块钱换成一个空钱包,只享受到片刻的小资光阴,又迅速堕落成为"无产"阶级。后来,我便比照着钱包,将这两棵椰子树绣在一块白色的桌布上。妈妈看见了说,你整天绣这些无用的东西干吗呢?其实我从她的语气里,看到了欣喜。估计她认为我在慢慢长成她所希望的样子,一个女人的样子吧!

再回到花事上。读高中时,我很要好的一个同学得了一件重磅真丝的短袖,淡蓝色。第一次知道有这样一种面料,纱纱的,柔柔的,那种感觉,竟是让人烦忧到无处可依。她一个夏天就只穿那一件衣服,晚上洗了怕不干,搭在老式的电风扇上吹。有一次,不知怎么的竟被风叶缠裹了进去。急慌慌地抢出来,前襟已经破了几个洞。当时她就哭了,那情形,估计比剪掉两条黑粗的大辫子还要难过。她半夜托着衣服来敲我们家的门。那算是当年我所承揽的最大的工程,为了亲近那料子,当时毫不犹豫就答应了。我金贵着她的衣服,亲自跑去买来淡蓝色的丝线,比画了大半天,仍无从下手。后来还是妈妈艺高人胆大,主动帮我设计、施工。我们母女用了一个礼拜的空闲时间,愣是将这件残衣做成了精品。她再穿出去,反因此得了许多赞许。其实当时我之所以这样卖力,是企图将这个女同学说与我哥哥做媳妇。但最终还是未能玉成其事。看来修补人际关系,我还是个外行。

我妈妈到今天还做刺绣的活计,每一个孙子孙女出生,她都要做一双手绣的老虎头靴子、两件兜肚,等上了幼儿园,再给绣一只书包。我把这些绣品放在微信上,博得许多个赞。妈妈给我女儿和女儿的儿子的礼物,我都仔细地收着,哪一天说不准就成了艺术品。妈妈是一个干练的领导干部,退休后才真正活成了妈妈、奶奶和外婆。这些琐碎的活计做起来,倒成了专业。网上说,这样精细的手工活,能预防老年痴呆。难怪八十多岁的老人家,比我们的脑子都好使。

今年夏天去开封采风,无意间参观了一家汴绣艺术学校。这个学校的校长是一个七十来岁的阿姨，她的代表作是一整幅的清明上河图，一针一线绣出一幅画卷。她掐着指头说，绣了整整三年。想一想，这样的民间艺术家，该得到多少分敬重。

再回到衣服上。这几年旗袍又渐渐回暖，脱了西式的裙装，换件传统款的半袖长袍，暗压着神情，立刻便有了中国的古典韵致。西式的衣裙缺少个人气质，不如旗袍，能让女人远远活过自己的年龄。比如宋美龄在美国为抗日募捐演讲时着旗袍的风采，那种东方风韵，沉甸甸的，着实有着几千年的分量；还有张爱玲旧照里各种旗袍的大气象，也是看得说不得，一说就走味。再后来，比如张曼玉主演的名为《花样年华》的电影，虽然从头至尾张曼玉换了二十多件旗袍，表达了不下一万种风情，却是浮面的、隔靴搔痒般的浅显。

尽管如此，但我们向传统致敬的努力，还是值得一书。经常看到寻常的家居女人，着棉质的半短格子袍，或者浅灰淡蓝的颜色，也自有小夫人的雅致。纵使去趟菜市，素着表情，挎一只竹筐，亦很得体。传统活在民间，此言不虚。把它装在镜框里敬起来，岂有不死之理？

在苏州曾见到一件手绣的旗袍竟然开价万元，仍是咬牙买了一件。纵使哪一天穿不得了，压在箱子底下，到了人老珠黄的年纪，偶然翻出来相看，估计也能寻到一点"衣上泪痕和酒痕"的轻狂吧！

写下这些,是浮想了许多次,试着要给自己找一个刺绣老师,认真学习一门技艺? 若是生在古代,不读书不识字,我会不会是一位出色的绣娘呢?

　　既然秋天来了,那就坚决去买一件纯色的亚麻衬衣,而且一定要在袖口处绣一朵花,用来怀念一个时代。

# 年之下

## 一

下了火车走了没多远,天色便暗了下来。那暗却不是一个缓慢的过程,好像商量好了似的,天地瞬间被一块黑布蒙住。接我们的大人们便打开手电照着前面的路。走着走着,他们偶尔会朝天上照一下,一根光柱便呈扇面形撑开,亮光处竟然纷纷扬扬的,像下着雪,仿佛能听到吱吱的落雪声。那时候还没有高压输送线路,每到傍晚,生产队会用小柴油机发一会儿电。电流通过东拉西扯的各种电线传送到千家万户。灯泡被从屋梁上吊下的一根铁丝钩着,害哮喘似的忽闪忽闪亮着,像一只随时可能飞走的大鸟。但就是这样一点光,让乡里人的生活稍微有了现代感,农具、粮囤、八仙桌……都在灯光里蹲着,隐现之间好像有很多话要讲。

我知道它们有很多故事,它们会以自己的故事告诉姥姥,再由她转述给我。稍晚一点,发电机就会熄火。晚睡的人家就点上了油灯。有人来串门,他们就把油灯举在自己的脸旁去开门,然后再去照亮对方的脸。在一团昏黄的光里,两张脸都笑得跟花一样。他们说着乡下人惯常而又毫无意义的话,直到临走才说明来意,大多是一些针头线脑的琐事。

我和两个哥哥跟着大人们,深一脚浅一脚地走着。我们的寒假就这样开始了。在半道上,月亮升起来了,天地又在瞬间亮了起来,万物都在晃晃荡荡地浮游,仿佛一切都被溶解在水里。那时候我就特别渴望尽快见到姥姥,她对天上的事情懂得真多。在她的故事里,"天"是我们的另一个家园,她对它的熟悉程度好像它就在邻村。关于月亮,关于星星……每个故事饱满且晶莹剔透,像一只只熟透的柿子。我常常想,那么多星星,姥姥怎么会记得住它们的名字呢? 那时候,姥姥就告诉我,天上一颗星对应地上一个人。我立即兴奋起来,真想知道哪一颗星星对应着我。

那时候我的野心像草一样疯长,我已经能自如地进出自己用词语搭建的世界,它连接姥姥讲述的世界,但又有很大的不同。我以自己喜欢的方式随意删改它们,从来不告诉任何人,以免他们干预我故事里的生活。

这几乎成为一个仪式——每到快过年的时候,我们就乘坐小火车到姥姥家去。那火车小得跟玩具差不多,只有五六节。后来我看电影《智取威虎山》，指着那列道具火车说：看！我们就是坐这个回的姥姥家！

## 二

那些不知道从哪儿冒出来的戏班子，每逢过年都会到各个村子演出。刚来的时候，他们悄无声息地进村，住在村子东头自己搭建的帐篷里。

他们的到来给贫乏的乡村带来了欢乐，妇女和孩子围着他们，即使他们穿着平常人的衣服，也觉得他们不是常人。当然，他们也活在自我的世界里，对周围的人群视而不见。他们坐在马扎上，把鞋子脱下来，轻轻地磕掉粘在鞋帮上的土。有时候会突然站起来，扎着架子吼一嗓子，响遏行云。

我真的很羡慕他们。他们可以活在两个世界里，到了晚上，他们就是另外一些人了。他们一会儿是《野猪林》里面目狰狞的解差，一会儿又是《智取威虎山》里英姿飒爽的杨子荣。我喜欢《大祭桩》里大段的唱腔，虽然词听不太明白，故事也看不大懂，但那种悲伤却是真实的。唱到高潮处，台上的演员泪流满面，台下的听众也在哭泣。那时候，我把紧张得出汗的手放在姥姥的手心里，紧紧地靠着她，不知道在那个泪水涟涟的世界里，到底发生了什么。姥姥也把我搂在怀里，不停地摩挲着我的背，好像我是个被吓坏的孩子。晚上她搂着我睡，跟我讲起了戏里的李彦贵与黄桂英，讲他们的婚约和爱情……在她的讲述里，很快我就睡着了。戏里的那个世界和姥姥口述的世界，差别是那么大。我隐隐约约觉得，她枯树般的手和苍老的容颜，是跟这个戏格格不入的，或者说，姥姥已经苍老到没有资格讲述这个温暖的故事了。但她的心里是一种什么样的情感呢？她有过爱情吗？她和我姥爷，都差不多活到一百岁。从我记事起，好像他们就是这么老，一年到头都是黑衫黑裤，外面的世界不管发生什么，他们从不打听，更不会为此而大喜大悲，一直到死都是这样。

在演员换台期间，有一个年轻的乐手吹起了双簧管，竟然是一支外国的曲子，那个旋律很多很多年我都记得，但始终不知道名字。有一年，我在香港机场转机，突然听到了这支曲子，竟让我呆呆地愣了半天。我想起了姥姥，想起了乡下过年期间的戏班子。还记得姥姥去世的前一年春节，她在我们家过年，那时候姥爷刚刚去世不久。我陪着她在电视机前看戏曲节目，是我最喜欢的张火丁的《锁麟囊》。我跟她讲薛湘灵，讲赵守贞，还有"三让椅"那折戏，讲因果报应。跟我小时候在她怀里一样，她在我压抑着情感的声音里，睡着了。

# 三

天还没亮,姥爷就带着渔具——鱼篓和鱼叉,还有他的一条黄狗下河去了。姥爷一直忙到中午才回来,带回一袋子大大小小的鱼虾。他把袋子扔在院子里,就出去了。

不用打听,姥爷肯定去了他最喜欢的牲口屋,那是村庄的文化娱乐中心。屋子里混合着牛粪、草料和烟草的味道。我跟着哥哥去找过姥爷几次,第一次看着他们在牛粪堆旁边席地而坐,大为惊骇。后来慢慢也习惯了,甚至喜欢上了那种特有的味道。

我还喜欢看那些牛吃草。它们静静地咀嚼着,不时拿眼看着你,潮湿的眼睛表示着它在向你示好。果真,有一次我去摸它的头,它就一动不动地闭着眼睛,支着脑袋让我抚摸。

那天姥爷中午很晚还没回来吃饭。姥姥指派我和哥哥去喊他。刚进院子,就看见一堆人围着一头牛。走近了,才发现是我摸过的那头牛,白脑门上飘着一朵黑花。

姥爷说,村里要杀几头耕不动地的老牛过年,让我们赶紧回家,不要等他。

大人们都撤很远,只有孩子们围得很近。杀牛的屠夫是个赤红脸的矮胖子,腰里围着油腻腻的围裙,看起来倒挺和善的。他过来告诉我们,小孩子都要把手背起来,装作被捆着的样子。这样他在捆牛的时候,牛看到周围的人都被捆着,就不反抗了。

他捆牛的时候,我们都把手背在身后,牛果真一动不动。把牛捆好之后,他抄起一根长柄斧头,对着牛头小声念叨了几句什么,然后朝后退了几步,举起斧头,又一跃上前,朝牛头砍去。牛没蒙脸,拿眼睛直直地瞪着他。斧头砸在头上被弹了起来,它不但不扭头躲避,反而硬着脖子往上顶。

第二斧头又砍了下去。

牛终于倒在血泊里。大哥哭出了声,二哥也在偷偷抹眼泪。姥爷看了看我们,不让我们再继续看下去了。他拉着我的手,带着我们往家走。路上谁也没说什么。过年分到的牛肉,姥姥用盐腌了,煮成酱牛肉。两个哥哥坚决不吃。

过完年,我带了一大块酱牛肉回家,撕成一条一条地放在书包里,跟同学显摆我见过的世面。二哥用朱砂画了一个大大的牛头,眼里还流着泪,贴在我的床头,跟我的奖状粘在一起。我向妈妈告状,妈妈就把它撕下来扔掉了。过了不久,两个哥哥也开始吃妈妈做的牛肉了。

# 物质女人

越来越沉迷于一些真实的物质。为了给一块几乎没有经济价值的石头或者木头拴一根绳,我学着打各种结,配上跑遍全国甚至从国外收集来的各种小配饰。我总有办法,让它们不同凡响。

几小时、几小时就这样过去了。

我变成了一个漫无目的的手工匠人。事实上,我越来越渴望成为一个这样的人。经年累月,我在这些物质里浮游沉迷,终致混沌不开。接下来,我计划写一本书,配上插图,说说它们的故事。往常,我的枕畔、书桌、座侧处处放置着的一些小物件,它们安静却又栩栩如生地活着,如同我生命的一部分。

物质不老。有一天我死去,它们依然活着,趸进我孩子的生活,或者一个新主人的生活之中。

佛祖拈花,迦叶一笑。

有人写成迦叶微笑,这微笑,终不如一笑。

道生于一。吾道一以贯之。

# 一

一九九三年,我第一次去新疆,想看看葡萄沟的葡萄和达坂城姑娘的辫子,结果被一个朋友带进一间玉器店,我在那里待了五个多小时。第二天去喀什,我直接去了又一家玉器店。无法描述当时的感觉,完整地回想起童年往事,用过的一只粗瓷青花碗,一个用餐时放筷子的瓷托——跟着母亲去朋友家做客,因为实在太过喜欢,将一只瓷白鹅筷托偷偷装进衣服口袋,很长一段时间,晚上躲进被窝里把玩。

童年的生活没有金银,更没有玉器,那是一片文化荒原期。一片灰烬,连看过的书里都没有提及过这些物什。当我立在琳琅的和田玉之间,那种撼动,实在是情窦顿开的惊愕。

女人是精神的,但又最无法抗拒物质,何况是玉! 何况是和田玉!

一九九三年,鸡蛋大小的和田玉籽料,大体也就三两千元的样子,白度润度均属上乘。我花五千元给自己买了一只直板平面的镯子,宽大厚重。那时,没有年轻的女性肯委屈自己戴镯子——它们已经死在旧时代,而且死了两次,都是以"解放"之名——她们宁可多花一些钱，给自己买块进口手表，或者是一条金光灿灿的手链。我的玉镯在好几年时间里，只能在枕边寂寞横陈。

陪伴久长，我的欢喜和哀伤，那只镯大抵是懂得的。重要的时刻，我惦记它的归属。远行的日子，我不断地叮嘱自己，有它在家中等我。若干年后，我曾经为它写下一首小诗：

环佩玎珰

牵着尘世的心

是一只镯

手的空隙

是我们

最绵密的留白

二十多年的工夫，新疆和田玉的价格翻了上百倍。青海玉和南阳独山玉，价格都涨得惊心。当初我并不懂得收藏，多有斩获亦无非随心所欲，结果却是无心插柳，样样细致。就有朋友羡慕嫉妒恨，赚了啊，怎么就有那长远的眼光呢？心突然有点凉痛，如果仅仅因为价值，眼光是长还是短了？对这些石头的怜爱，也全然变了味道。谁能拿自个儿的骨头称重呢！

到了今天，无论翠玉，无论沉香，无论蜜蜡，无论碧玺，还有南红、珍珠、珊瑚、绿松石——不知不觉中，我以自己的生命书写的石头记，倒也有了些谁解其中味的沧桑。种种故事，一唱三叹；个中滋味，欲语还休。

极有可能，我散失过许多贵重的物件，留下的恰是不具价值的那些。我仍觉欢喜，这是我与它们的缘。

价格对于喜好，并不是充分条件；人们依照自身的好恶，给各种物质标上价签，可它们依然是它们——它们难道不还是它们吗？

给物质标上价格，其实就是给欲望标价。但我只能在森严的欲望的罅隙里，伺机而动，始终能避开昂贵的物件。真心为着它们的品质，而不是它们的价签。如果生活落魄到要靠变卖首饰度日，于我，肯定心比身先死。

我写下这些文字的时刻，窝在手心里的，是一只被称作水沫子的镯子。它漂亮的程度，不亚于翡翠，且仿佛是那种飘着蓝花的极品翡翠。从去年，我开始寻找一种生长在戈壁滩里的石头，做成叫戈壁玉的饰品，精美的程度堪比白玉。

它们都被欲望冷落。

我用各种石头和木头做项链和手串：菩提根、椰子壳、小叶紫檀、南国生的红豆、橄榄核——有时候难免心中窃喜，它们以自己的生命为我的生命扩容，我岂不是也在用自己的生命为它们背书？我要将我与它们的每一件故事写下，那在暗处缓慢生长起来的力量，忽然之间是如此庞大和耀眼！

一年一年地，这些被琢磨出来的生命的光亮，安静地陪伴着我，不会因为我的衰老和迟滞减损丝毫精致。为着它们，我也奋力地让自己光彩起来。

## 二

我相信，对物质没有价值观念从我母亲时代就开始了。

我出生在豫东南部，一个三省交界的小城镇。父亲在那里做党政主官。小镇给我留下的最清晰的记忆，是关于一个叫张老万的大地主的故事。张家富甲一方，方圆百里无人能出其右。解放前夕，这家人举家迁往香港，独一个姨太太带着儿子留了下来。原因不明，不可胡说乱道。据说，后来这个女人改嫁做了张家车夫的老婆，这差不多是事实。关于他们家的传说，件件都是神秘的，但又没有任何一件事情是有头有尾的，好像都悬在半空中，即使灰尘扑面，也迟迟不肯落下来。这对于我们小孩子来说，就更增加了神秘感，总觉得会有什么事情发生。

张老万的孙女儿比我大上几岁，独来独往，想必是美貌的。惶惑中见过，她穿着整齐得体的棉布衣，安静地走在边道上，没有想象中的地主崽子那样的猥琐和畏葸。枯枝败叶的冬天，她穿着那种深蓝色的带帽子的棉袄，白里透红的脸庞在寒冬里煞是鲜艳，像是《红楼梦》里的妙玉。妙玉是什么样子我当然不会知道，只是觉得与她相像。她从不和人讲话，声音想必是娇嫩的，应如那娇嫩的脸蛋。满镇子的人都称呼她风雪帽。她住在什么地方？生活得怎么样？我一无所知，但又充满着好奇。

我这么详尽地讲述一个财主是有原因的，青石铺地的一整条街都是张家的宅邸，政府的各个办公机关占据了每一处院落——那是革命和解放最耀眼的徽章。作为革命者的父母及孩子们，享受了政府机关内部的一个四合院，那正是张老万的家居之所。房间并不阔大，三间正房，东西各两间厢房。青砖灰瓦，廊檐肃然，门楣和窗框上各有精致的木雕砖雕，朴实整齐的北方建筑。

我要讲述的重点到了。一屋子的家具摆设，全是黄花梨木，做工之精致，场面之气派，现在想来真是不可思议。但当时的感觉却有点怪怪的，说不清楚是混沌、困惑、迷茫、忧伤、温暖，还是喧闹、肃静。大一点，读《红楼梦》，书中虚构的人和事，我似乎总能触摸到现实的质地。这些年，我常常思量，我们兄妹，多有绘画的天赋；我和小哥，后来还成了作家，这些与童年那样的生活环境是否有关？

正屋的当间，贴墙靠着长长的条几，几面滑若凝脂。周遭尽是繁复精美的雕饰，各色人等，气宇轩昂，煞有介事却又互不相干，好像每个人都有自己的心事或差事。条几东西展开，两边做成圆润的拱边，似是画幅的卷轴。紧挨着条几的，是一张方方正正的八仙桌，纹理清晰却又面如明镜。只是不知何时被何人划下几处划痕，瞬间生出怜惜之心。有几处深色的圆疤，问我母亲，她说是装了开水的搪瓷茶缸烙下的烫痕。从此凡是温热的东西,再也没靠近过桌子。东家以及尊贵的客人,大抵是要在桌上膳食的,恐怕常常是满桌子的山珍海味。不过那全是凭自己的想象,何为山珍？何为海味？只有天知道。现实的占据者,不过是母亲的瓶瓶罐罐,开始的小心翼翼,终被清寒粗粝的生活磨去了耐心。繁华散尽,精致不再,六只配套的圆凳在寂寞中随处散放。桌的两边安放着两把沉重的太师椅,我父亲不爱坐那椅子,他也没闲暇的时间坐。倒是我的两个哥哥,爬上爬下充装大人,正襟危坐时,竟也有威严富贵模样。

父母带着我住在正屋的东间。屋里箱柜齐全,高低有致。母亲的衣服极少,铺盖也都团在床上。大柜子基本都空着,很快变成了道具,供孩子们藏躲玩耍。靠北墙,安放着一张满工雕花的拔步床——这个名称,当然是后来我在资料中查找到的——从床顶、床柱、床帮到床腿,天上飞的,地上长的,人物花草,飞鸟走兽,绵密得让人透不过气来。那种铺天盖地的感觉,现在还能让我感受到压迫,可见当时我那幼小的感官,曾经经受过怎样的冲击！每当母亲坐在床边给我们做鞋服的时候,就会感叹道,纳一只鞋底就要这大半天,这一床架子的活计,不知木匠要花几年的工夫！

我六岁那年,父亲被一纸命令调到另一个县城任职,一辆空荡荡的解放牌卡车,拉走了我们全部的家。一个完全未知的去处,小小的孩童的梦幻世界,刚刚打开一扇门,突然被粗暴地关上。没有铺垫，也没有解释，就像忽然被从一个深沉的梦中猛然拉起。那时我还不懂得哭，可能也不敢哭，只是惊愕，还有深深的、到现在都有的失爱之痛。

爱，用在这里，一点都不铺张。

后来我才知道，那满屋子的家具是可以带走的，公家是估价过的，三百元。后来的后来，我曾经无数次责问母亲，为什么我们不买下呢？母亲说，那时穷，哪里有三百元的闲钱买家具？终于有一天，我不再追问了。纵使有闲钱，我的母亲也断乎不会买一张巨大的雕花大床，因为，那是地主的家什！仅此一项，就足以让我父亲从台上跌下来，让他的儿女们陷入无休无止的羞辱中。当然，对于他们，这些职业革命者而言，睡什么样的床，也仅只是睡觉而已。我母亲说，天明忙到天黑，累狠了才躺着。睡着了，哪还顾得上睡在啥样的床上！

几年前，我先生遭遇一场波折，我独自一人守着一套拥挤而寂寞的屋。我想，房子再大点，它仍然会是拥挤的。整个世界压迫着我，我只想有一个更小、更安全、更静的空间。陡然想起，原本商定好的要换一张新床。这个想法不知道是让我欢欣还是悲哀，但我被这个念头鼓舞着，花了一整天的时间逛家具市场，买下了一家店铺里价格最贵的一张床。第二天，再去逛床品商店，购置了一套富安娜顶级被单床罩。银灰色，细碎的黑色纹路，高贵而端庄。我和我的母亲想法不同，毕竟人生在床上，死在床上，况且有三分之一的生命,是要在床上度过的。既然如此,怎能不顾及睡在啥样的床上!

三

好久不见的一位朋友来访,说他最近正埋头学茶。一时竟无语。茶艺或曰茶道可以学习,茶却是既需要功夫,也需要工夫的,要不怎么叫"工夫茶"呢?"工夫茶"其实也是"功夫茶",是经年累月,一口一口地呷摸出来的。

我喝了二十余年茶,仍然不敢妄谈茶,总是怕露出破绽。有时候,也仅仅是凭了口感,心底里知晓茶的好坏,而已。有几个茶友,知道我喜欢茶,常常赠茶与我。但要说到茶的价格,如何金贵,我却不肯轻易相信。茶道亦世道,鱼龙混杂,泥沙俱下,非价格所能厘清。遇一二知己,坐下来喝几道,反复品呷,方才有了优劣定论,也未必准。

这些年,攒下几个做茶的朋友,每每受邀尝茶,虽可吹嘘试过世间百味,但终究讳莫如深,甚至守口如瓶。毕竟,口味是越来越刁,嘴巴却少了刻薄,多了厚道。夏虫不可以语冰,与善辩者饶舌,倒不如与善饮者默契。既然已经惯坏了舌头,很难遇到可心之物,倒不如省了认真,不走心,不表态度。而且,逆旅之中,饭饱酒足之后,所谓喝茶,不过儿戏,当不得真。大多是半推半就,拂了茶意,顺了人情,解渴亦解乏,两相自得。

我曾极力为吃货辩护,好吃之人,大多厚道。太多的心思用于饕餮,整日里花大量时间思想,吃什么,如何吃,又每每被美食撑胀得五迷三道,心满意足。不消说再有害人之心,回击害人者的心思都在酒足饭饱后消弭。能吃饱喝足,便天下安平,还有什么不可原谅的人和事!

如今再说起茶人,毕竟不是陆羽东坡的时代,能扑下身子喝茶者,应该多是爱惜自己之人——或形象,或身体,或名声。以我偏见,比较起南北方的民众,北方农人不善喝茶,纵然厚道,也是不拘小节,行止无当,多粗犷不羁;南方人善饮,劳力之人亦有雅相,有茶的底子。围着琐碎的茶叶子,仔细地冲泡之间,那火候、时间、程序、品味……都是一个用心的过程,终致人渐渐细腻有加。

前年去泉州采风,收获意外惊喜,发现客家人的村庄里,竟然有专门的煮茶老人,负责给闲暇时扎堆的村人煮茶。"煮茶"这词,横亘中国文化几千年,那意境,该为仙风道骨者所独享。现在即使文化人,也很难把它挂在嘴上。但在山野之间,却被大咧咧地说着,甚是意外的痛快!不过,说是煮茶,只是在山脚下平出一块场地,将瓦罐用几块石头支离地面,用柴火烘着,放一把天然的野生粗茶进去,并没有什么仪式感。我被带去体验,看到那铁观音常常陈放了好些个年头,虽然面相老旧,且味道涩苦了些,却意外地回甘无穷。毕竟,是地地道道的高山茶,且用了新鲜的山泉水,物料地道。后来才知道,烧燃的柴火,竟是四处寻来的棺材板子,朽糟沤烂的那种,一根火柴就能点燃。据说这种木头烧煮的茶,更有滋味——我约莫,这滋味,情感大于口感。想起小时候在乡下生活得来的经验,但凡挖到古墓,很多乡下人都去抢那棺材里的衬布,说是小孩子穿了好,估计与此一脉相承吧。茶文化茶文化,想来煮的喝的多半是文化——周围喝茶的多是老人,生死契阔,风轻云淡,无异茶烟。因此,说起话来,神仙一般从容,哲人一般淡定。

吃茶,当配此心态。

再说城市里的滚滚红尘之中,能神闲气定地坐下来喝茶者,多少应是有些出息的。茶让人的节奏缓下来,细想一些来不及思考的问题。欲杀人解恨者,暂时放下利器,找个茶馆,吃一阵工夫茶再行,喝出一身的冷汗也未可知。待汗下去了,心中之怨怒也放下大半。

说起南方人,我们常常以阴盛阳衰哂之。其实,盛,往往是虚火,成事不足,败事有余;而衰,倒是文明之功课,是修谦谦君子之正途。

说穿了,我们的拼搏,无非是为了出落得有面子些;喝茶本来就是一件体面的事,诸事搅扰着的身心,被几杯茶安抚,说是福报,是功德,是缘分,都没错。

这些年,细嚼慢品过来,攒了几款好茶。但人前不敢说好,只是私下里认为适合我的脾胃。红的绿的,生的熟的;十年二十年的有,新茶也藏;红茶,白茶,伏砖,大致有三五十种。这两年又流行陈年的铁观音,也收了一些。闲来便阅兵一般地欣赏,遇着个懂茶的,更是如逢知己,装作漫不经心,其实心中风吹般得意,一一请出来炫示。其实这些年,性情越来越孤僻,不肯让人到家里来。不期而至的生熟客人,最多是一杯清茶,或者干脆白水。不是吝啬,匆匆行事者,喝什么样的茶都不会走心。若人心不在茶里,岂不是冒犯了茶?

喝茶的仪式感,我觉得不亚于茶。出差带了杯具,断不肯让别人染指,宁可被人骂作强迫症,一定要亲力亲为才可。独一人在家中,烫壶温杯,一步都不肯少。既然是喝茶,便要换了合适的衣裳,洗手净口,烫杯温壶,一道一道地悉心品味。我家的先生,虽然是个老茶客,但常常粗枝大叶不拘小节,一杯浓烈的绿茶,亦能对付半晌。有时唤我泡茶,自己却满屋子忙着别的事情,刹那间就坏了兴致,断不肯陪他敷衍了事。

一起喝过酒的朋友,我大多记不得。一起喝过茶,特别是上品的茶道,感受过,感慨过,赞叹过。这些茶事,差不多都会烙在心中。

遇到最好的茶事,是在一位兄长家中,节日里团聚,酒足饭饱,仍然觉得兴致盎然。兄长撤去壶中上品的正山堂,说他尚有好茶。去了好大一会儿，方拿出一粒普洱小坨，陈年的生茶。接过来闻一闻，暗香慢来。再打开看，指肚大的包装纸上，有私人的钤印，果然精致异常。兄长说，此茶是某大领导的专茶，转送给另外一位大领导，偶然的际遇，这位领导转了几粒给他。

闻听此言，兴致顿时减了很多。我自视段数高，也从不信所谓领导之烟酒茶有多好之类。但兄长为人低调内敛，更不喜借人肩膀抬高自己。所以，将信将疑，淡淡地看他——将程序走完。衔杯入口，果然不俗，再入口，甚是香味夺人。茶的绵厚馥郁，竟一时无法言说。这无法言说，既有不得不说之意，也有不能多说之意，且对这道茶的感受，断不是一个好字所能概括。如此琢磨：这大领导中，也有真正的茶君子呢。

有一年的四月初，中国作家协会组织全国著名作家到信阳采风。正是摘茶季节，鸡公山的泉水冲泡新炒出的信阳毛尖，鲜到令人销魂。组织者安排我们采茶，一二十人，分发了竹编的帽子和筐子，迤逦上山。开始还觉得好玩儿，毕竟是游戏，唯觉浪漫。不久大伙儿就暗中铆了劲儿比试，都想争个第一第二。谁知两个小时下来，肩酸背痛，累倒一片。收拾起所有良莠不分的叶子，竟然不足两斤。问那炒茶的师傅，师傅说最多能做出三四两粗茶；真正的好茶，要有六七万个芽头，也就是说，要采六七万下，四斤多鲜叶，才制得一斤好茶。一片咋舌。那一回，所有的参与者，自此对茶肯定都会存了敬畏之心。

常常光顾茶城、茶馆、茶会所，一两一两地买，一斤一斤地攒，竟然学会那茶东家的啬啬鬼样儿，爱惜每一根茶棒，每一泡茶都要喝到乏，惜汤如金。

春节贪了口愉，假期过完竟重了几公斤。咬牙吃得素淡一点，竟致饥肠辘辘。这时寻了茶来喝，竟然款款寡淡。离开美食，茶大致也终是无趣的。由此想到东坡居士，先生是饮茶的高人，却又时时大啖红烧肉，美食佳茗相伴，自不待言。但先生即使"贫病苦饥"，需要"撑肠拄腹"之时，仍然"但愿一瓯常及睡足日高时"，却是我辈望尘莫及的。由此想到南方人爱吃肉，年关家家杀猪，为了便于存放，就腊了、熏了。没有冰箱的年代，可以吃上大半年。山人说，不吃肉没力气，不喝茶没精神。南方人好吃肉，这大约是爱饮茶的缘故；善饮茶，也是吃肉所致。茶水刮肠，肠胃里积蓄了油水，才好饮茶。此消彼长，相生相克，由此看来，茶道真真就是世道。


四


四十岁之前，几乎是不染酒的，一是不喜欢，二是没理由。快乐、忧伤、欢庆、孤独……喝酒的理由甚多，可是这样的时候，我总是排斥酒，与它距离着。

蹉跎人生，很多事始料未及，终致某一天与酒劈面相逢，但不知深浅，一下就喝大了。那次醉酒的滋味，至今想起来痛苦万状，针扎一般的刺激，翻江倒海般的难过。但说来也怪，越是难以拿捏的事物，越是对我有吸引力。自此之后，慢慢地，竟然与酒有了默契。而且，喝得多了，方才有了自觉，哪怕是为了麻醉自己，也要缓缓地来，清醒地把握住感觉，喝到微醺，人慢慢快乐起来。有时也会哭，酒是催泪水，委屈瞬间来袭。不过，酒带给更多人的还是愉悦，莫名的兴奋，喝点酒抑制不住话多，复读机一样，一件相同的事情，可以反复絮叨无数遍。

也难以苛责，毕竟像我们这些凡夫俗子，喝大一次，营造一个与现世不一样的世界，并在里面沉浸片刻，用以抵御严酷的生活，也不能算是苟且。过去，我父亲就是这样，清醒的时候极其严厉，喝了酒性子就变得柔和，好像酒能返老还童似的。国人的酒文化，历来酒场就是战场，是商场，也是情场，酒桌上谈事，比正经场合还正经，虽然往往是谦恭有礼地开场，狼狈不堪地收场。但大着舌头说出的话，总比一本正经地说出来的有效。

白酒的香醇，常常是经历了一次次的疼痛和伤害之后，苦尽甘来的感知。所谓会喝酒与不会喝酒，"会"，应是千锤百炼过来的，是好了伤疤忘了的痛。有狼狈，也有收成，因为诸事泅在酒里，也因此有回味。

这些年，往国外走了不少趟，总觉得西方人喝酒完全是为了取悦自己，很少见人扎堆儿喝酒。那些绅士，旁若无人地沉浸在自己的酒里，巨大的高脚水晶杯，一点点的酒水，一整个晚上就那么擎着，想来那姿态就是他们的生活。更让人不解的是，他们将酗酒者视为病人，尤其对中国人类似集体自杀般的拼酒方式大惑不解。其实，东西方文化，何必讲优劣长短？理性固然好，但一辈子理性也很寡淡，"醉里乾坤大，壶里日月长"也未必真那么丑陋。上面我说过，在逼仄的生活缝隙里，活色生香地辟出一段飘飘然的经验，很见可爱。对在酒精里躲避苦难烦恼的人，尤不能苛责，得过且过，亦是人生。况且，对于很多国人来说，酒是一种药，既可以治疗身病，又可以治疗心病。因此，酒文化这东西，文化应该在前，酒在后。

过去我对酒知之甚少，不过是闲暇时作为尝试，先是节假日朋友小聚，开酒助兴；后来夫妻两人闲暇时，也开一瓶，慢慢地呷，竟也喝出一点酒的美意来。酒这东西，很多时候很像狗，你对它好点，它都会回报你。

好朋友开了红酒行，常常一本正经地被邀请去品酒，为的是让写酒评。时间长了，倒也练出些功夫，尝一口，就能知道酒的品格好坏。后来，喝得多了，写得多了，周围的朋友有好酒，总是要拉上我凑热闹，俨然成了一个品酒师。那时拉菲刚成规模进入中国市场，口碑是不错的，也的确好喝。关键是当时生存状态好，诸事顺遂，酒也显得格外好。

渐渐地，我的书架被各式的酒瓶填充，喜欢的，有故事的，就留一瓶收着,仍然不为收藏。哪一天高兴,或者有不期而至的朋友,就开一瓶。酒不曾入口,已经被情绪渲染得晕乎乎的。因为是一瓶一瓶攒起的,非寻常,自然是看得金贵。有一瓶放置了十多年的五十年老装茅台,前些日子我外出,被先生拿给不知道什么劳什子人喝去了,气得杀人的心都有了,几乎要拿离婚说事。

好品质的红酒未必是价格贵的,那年去杭州参加笔会,宴请者用的是一款智利干红,不同寻常地好喝。留意拍了图片收藏。过了一段时间,在北京机场候机,机场的洋酒专卖店里看见这种酒,标价四百二十元人民币,遂买了两瓶。年轻的售货小姑娘告诉我,可以邮购,并给了名片。赶了一个梨花开的日子,邀朋友们尝了,评价甚是好。于是给那女孩打电话,未接;再看那名片下面有总店的电话,于是直接打过去,接电话的仍是一女子,似是更高一级的经理。说明意图,只是随口问可否优惠。实在未料及,女经理爽快地说,你们整箱邮购,就按批发价发货,二百六十元一瓶。这差价? 惊得眼珠子险些掉下来。遂把这事情当故事讲,一做西餐的朋友便要了名片去。过了几日,朋友打电话来,说他买了几箱,价钱已讲成一百六十元一瓶。接下来口口相传,朋友的朋友再要了名片去,后来购了十箱,每瓶一百二十元。

一直比较喜欢智利酒,总之是与这次酒事有关。

其实是我们自己宠坏了法国、意大利的酒,无非取其贵。在澳洲,新世界的酒,品质很不错,价格也就大约一百元人民币。据说澳洲酒口感新鲜,但不适宜长时间存放,也没考究真假。倒是我有一大学同学,移民去了澳大利亚,因为喜欢红酒,又常常帮朋友带酒,索性就做了代理。据说仅卖酒一项,便成了千万富翁。因缘巧合,难有定数。虽然懂得正经场合别拿酒说事儿,但也别不把酒当事儿。

五

年纪渐长,对食物的要求愈加精细,在外吃饭,总是怕食材不好,怕蔬菜清洗不干净,更怕地沟油损害了身体。说到底,是性格孤僻了,煎熬不住热闹的场面,宁可自己在家中随心所欲。时间总是不够用,大部分又总是被吃喝占去了,常常为一锅土豆烧牛肉,一顿老鸭汤烩面,把一个上午的时间就搭进去了。这倒也没多大错,食色,人之大欲存,早就有圣人背书。

有一回,开车去北京。司机是个对烹饪感兴趣的,聊起菜,从郑州一直说到京城。下车时小伙子打趣说,不开车了,回去开饭店,光我一路上传授给他的几十道菜就能独撑门面。

我颇自负,天生是个做厨子的料,有的菜式是我日常做熟了的,有的却是被人家拎出的食材所迫,临时在脑子里虚构,但做出的东西大致是不会太离谱的,间或还有小创新。

还有一回在北京,女儿一定要去某办事处吃麻辣小鲍鱼。偌大的一盘子辣椒碎,埋了几只可怜的鲍鱼仔,几百元一份,因可惜路途遥远之盘费,常常要吃双份。我划拉一下作料,不外乎是那几样。回到家便去海鲜市场买来活鲜鲍,以清水养上一日,滚水活烫,收拾干净后切片,姜葱加新鲜的青花椒,辣椒一定要选鲜红的。准备完毕,下锅翻炒,五分钟后即可出菜,色香味俱佳。厨师的关键当然是火候把握得当,吃过我这道菜的人,神情一定是偷吃了国宴那样子的。

北方人喜面食。包子饺子,但凡带馅的食物,我一定要自己亲手调配,食材一点不肯马虎。有天一位朋友打电话,说想吃饺子,又怕麻烦,准备去饺子馆买一份。我告诉他,去楼下菜铺子里买一撮细韭菜,越细小越出味道。韭菜洗净切碎备用,在煎锅里用橄榄油旋两张鸡蛋皮,一把泡发的干虾仁,几颗香菇,切碎混合。其他调料都不用放,只要一点麻油和细盐。朋友在我的指导下操作,大赞此物非人间寻常。其实,此物寻常到家,他也只是尝试了一种,新鲜的荠菜、笋瓜、荆芥,皆可用来做馅。不消一个小时的工夫即得美味,尤其是做的过程,依然是一种享受。

我非常享受制作食物的过程,对于一个写作者,未必不是一种生活体验。著名作家龙一曾经与我交流这方面的心得,他更甚,为了写饥饿状态下吃皮带的感受,自己在家中做实验,试了N种工序,最终证明了皮带确实是可以吃的。这个妇男,家里吃什么盐他都要经管,常常给我发微信,介绍淘宝上某种不含碘的盐,对身体有诸般好处,或者一种小牛肉的制作工序,鸡丁的另外一种做法,云云。

为熬煮一个汤,要用几个小时的工夫,可那几个小时享受到的幸福可真是无与伦比。炉火上,砂锅慢炖,香气四溢,主人候在餐桌边读一本书,那一刻,对生命充满着感激。由此再读孔圣人的"食不厌精,脍不厌细。食饐而餲,鱼馁而肉败,不食。色恶,不食。臭恶,不食。失饪,不食。不时,不食。割不正,不食。不得其酱,不食",更是"夫子言之,于我心有戚戚焉"!

我是个晚上习惯熬夜的人,而且大多也是为着那一餐美味的宵夜。先将中午的剩饭裹一个鸡蛋炒出半碗,就着炒锅,丢几颗扇贝放一碗清水煮上片刻,切进半个西红柿,一朵香菇,出锅时加几片黄瓜或者几片鲜菜叶,一碗鲜汤就成了。我教导女儿的原则是,饭可以不做,但不可以不会做,懂得做才能真正懂得吃。这样的女人,任何状态下,都不会委屈自己。

朋友的女儿从澳大利亚归国,在我家小住两天,我便变了花样做给她。几天饕餮的日子过下来,走时真是恨不能借了我的手去。临出发,非要再喝一碗我熬的土鸡汤,险些误了飞机。回去不无调侃地发来微信:阿姨,你每天吃的饭,比月子餐都精致。

最能安慰自己的,当数吃货,当然也常常为好吃者辩护。常常有人称赞谁谁身材好,皮肤细腻,我思忖,如果没有好吃与吃好这档子事,哪来的好身材和细腻的皮肤?

我婆婆是个乡村妇女,她一生靠自己的双手把五个孩子送进了大学。她不识字,对生活的最高要求就是吃好穿好。在最饥馑的年代,她依仗自己的裁缝手艺,硬是土里刨食,撑过了灾年。手中但凡有一点余钱,便买些鸡鸭鱼肉补贴伙食。街坊四邻都瞧不上她,说,这样的女人不是过日子的,早晚得吃穷!好吃的婆婆,从不喜欢节俭的孩子,说,这样的人一辈子没出息!她也是这样实践的,一路吃过来,日子倒是越过越红火。如今,婆婆儿孙绕膝,儿女们生活在天南地北好几个城市里,都是小有成就的人物;孙辈里还有几个在西方国家生活和发展。当年笑话她的那些邻居,大多依然生活在乡下,依然节俭度日,依然寒瑟。婆婆每次回去,还都要去看他们,回来又跟我们絮叨,嘴里抠食,靠筷子头儿是省不成富人的。算起来她今年已经八十八岁了,跟着做律师的小儿子在海口生活。如今她只关心吃饭这一档子事儿了,一天几只鸡蛋,吃鱼还是吃鸡,她得说了算。坚持每天散步,锻炼身体,然后就去逛超市,推着一车子食材招摇过市。每天晚上睡觉前,要把次日的生活仔细盘算好,所需的材料必须亲自置办。我想,她快九十的人了,耳聪目明,寝食皆安,估计跟梦里梦外的那么多食物有关。记得她常常教育我们说,人像一盘磨,睡着不渴也不饿。那不渴不饿,肯定还是吃出来的。

仔细想来,有必要把我婆婆养生的秘密武器公开一下,每天早晚两顿饭,必得有粥,河南人叫喝稀饭。稀饭可以是米糊糊,也可以是面汤。无论春夏秋冬,无论主菜多么稀奇金贵,哪怕刚在外面吃了大餐回来,若是没有喝口稀饭,对她来说就不能算是吃饭。就连坐月子期间,她也要强迫儿媳妇喝这种面糊。不过,一碗面糊里差不多要卧上十来个荷包蛋。据说大婆姐生孩子的时候,每天三顿饭均是稀饭卧荷包蛋,每顿二十几个蛋,一口气儿吃了四十多天,想想都瘆人。对这种方式,婆婆的儿女们早已习惯并欣然接受,我与后来加入的弟媳颇不以为然。然而,几十年过去了,我发现自己也染上了这个习惯,偶有不适,也会做这种鸡蛋穗面汤,早晚喝上一碗,肠胃的确舒服了许多。

婆婆做鸡,不红烧,也不白灼。自己去市场上挑一只当年的嫩鸡,收拾好拿回来切成鸡块,拿盐和作料腌一会儿,用面粉裹了,先在锅里煎至两面焦黄,加汤炖煮,炖时稍微放一点醋,半个小时可食。她的理论是,醋嫩肉,肉离骨则骨头好啃。我一直拿这种做鸡的方法当笑料,看着黏糊糊的汤汁就倒胃口。跟她在一起的时间长了,却也慢慢喜欢上那种味道,许久不吃甚是想念。可见,多年的媳妇熬成婆绝非妄言。实在忍无可忍,就去买来嫩鸡,依法炮制,效果难以想象的好。只是,我把醋换成黄酒,加入更多的调料,是为改良菜系,取名“婆媳面鸡”。前年偶尔翻看开封民间食谱,发现自宋代起就有这种做鸡的方法,谓之“面炕鸡”,自是中国文化之一种,不禁哑然失笑。

上世纪八十年代初期,不记得在什么书上看到过这样的文字:负责任的家长,每周要带孩子到品质好的饭店吃一餐饭,培养孩子的社交礼仪和生活品位。我大为惊讶,那个时期,中国人还没有去餐馆吃饭的能力,每周到铺有桌布、配有餐巾的餐馆去吃一餐饭,简直就是梦。也就十年八年的工夫,普罗大众就进入了梦境。好的饭店,特别是一些品牌餐馆,常常人满为患,带孩子去的父母也不在少数。感受的过程亦是学习的过程,我就认为味觉是身体的第一感受。全世界的美食,各个省份各个民族的特色,多大的学问啊!古人行万里路,无非也就饱眼福口福而已吧?

当下,是一个以瘦为美的时代,全民减肥。俊男美女们说到吃,都退避三舍,明星们更恨不能把自己饿成木乃伊,主食不能吃,肉食不能吃,水果蔬菜也不能放开了吃。有一个新说法:想要美丽,什么难吃吃什么。这些高大上族群,在味蕾最好的青壮年时期,味觉尽失。关于美食,有一天会不会变成一种传说呢?

食色,人之大欲存焉,而且民以食为天,食更在色之上。想吃的时候就放开了吃,别到哪天吃不动了,想吃也成为一种奢望。凡是上帝给予的,一定有它的道理,别用一己之私,去拂逆神的一番好意。所以我说,只有吃货靠神祇最近。

六

又到了乱花渐欲迷人眼的季节,若是不担心荷包,索性就咬咬牙，买件看得入眼的品牌衣裙。我觉得，衣食二字与女人的生命等长，舍此还有欲望，似乎就过了界。一件有品质的大衣，可以穿二十年，仍旧不会落伍。倒是那种经年的旧意，折叠着风云故事，更让人觉得有一种沉淀很久的尊贵。记不得是哪个唐人的诗了，其中一句倒是让人念着旧衣的好，"衣上泪痕和酒痕"，有点伤感，有点浪漫，还有点小颓废。而且，这些都是我喜欢的。

一次和朋友一起出差，路途上她突然说一句，这次出来感觉特别舒服，就因为脖子里围了一条羊绒围巾。一条围巾能给旅途带来如此大的愉悦？我尝试她那种感觉，真的是柔软了许多，无时无刻不被暖融融地包围着，如婴儿般放松。女人需要被温暖和呵护，是精神的，也是物质的。

多年以来，我一直保留一个很好的习惯，买衣服一定要三思而行，不能让衣柜一下子满起来，一年一年地攒。冬天的大衣，夏天的连衣裙，十年前的我仍然在穿。每年买一两件，十几年下来，挂起来甚是可观。而那些品质精良的衣服款式和色彩，似乎比我们更自信更持久，始终不会让人心生厌倦。

当然，好东西也未必全是价格昂贵的，有时候碰巧遇见一块质地好的棉布，花色也漂亮，自己也会动手做一条休闲的裙子。偶尔在某一个城市某一个小店买的一件格子衬衣，朋友送的一套喜欢的睡衣，这些被自己洗濯得柔软的贴心之物，搬几次家，清理多少次衣柜，仍然是保留着。衣服浸染了身体的味道，就变成了另一张皮肤,贴身也贴心。

我在文章里多次写到我的母亲,她一辈子都习惯穿自己缝制的衣物。母亲八十多岁了,她年轻的时候正赶上穿衣纯粹靠手工的时代。她养育了四个儿女,都是靠自己的一针一线把他们包裹起来。仔细想想,那个时代的女人有多辛苦,白天满怀激情地干革命,晚上还要不辞劳苦地为一大家子人做衣衫鞋袜。回忆起往事,偶尔她会说,睡到半夜听见起风了,看看外面,树叶子扑簌扑簌落在地上,就赶紧爬起来,把大人孩子的棉衣都找出来,一件一件絮好,不然穿出去会让人笑话了。她的话点落在怕人笑话上,虽轻描淡写,然而想来却十分心酸。即使在那个"瓜菜代"的年代,不管多清贫,人们希望的也还是生活得体面些。童年的记忆中,女人的持家本领,是可以从一家人的衣饰上打量出来的。遇到人家的孩子,总是要看看鞋子、胸口盘的纽扣什么的。看到做得周正的鞋子,还会追到人家去讨鞋样子。

母亲退休后,经济条件自然是很好了,可她仍然坚持穿自己缝制的衣衫。我每年为她买几件好衣服,她要么关在柜子里,要么拿出来送亲戚。她晚年跟妹妹一家在深圳生活,我抱怨她,住在高端社区,穿得太不像样,会让人觉得儿女不孝敬——这岂不是跟母亲年轻时的想法一样,不过是怕被人笑话。可是母亲却说,管人家干吗啊,自己穿着舒服就行,况且二十年不买衣服都有的穿,人要懂得惜福。母亲至今都是亲力亲为,总是把自己简单的棉布衣物洗得干干净净，头发剪得短短的，指甲修得干净整齐。她性格好，对任何人都和颜悦色，所以小区里的人都喜欢她，也尊重她。这样的母亲，她的体面，都是在骨子里。

小时候，母亲做一双鞋子要花好几天的工夫，所以每穿一双新鞋子，她总要告诫我们，走路的姿势一定要周正，要会看道儿，女孩子更不能踢踢打打的。这种教导，其实是让我们有了一种自然的教养。我从小就爱惜东西，鞋子只有穿小了、穿旧了，很少有穿坏的。一直到今天，我仍然是爱惜每一双鞋子，悉心地打理呵护，总要穿上十年八年的。还在读高中的时候，喜欢听侯德健和程琳唱《新鞋子旧鞋子》，歌里大致说的是老人和孩子对鞋子的态度，蛮喜兴，也蛮斗争的。从这首歌里，可以看出鞋子也是历史的见证，而且，历史上好像没有任何一个时期像现在这么在乎鞋子的，五花八门，光怪陆离，目不暇接。所以，选鞋子的时候，我尽力选择品质好的。好品质的鞋子是有生命的，你费心爱惜它，它都懂得，也会回报你。这样的鞋子能穿很多年，搭配不同的衣服，总有不同的韵味，耐看。走路的时候，选择一双旧鞋子，那种舒适，脚会告诉你。

这几年，除了自己动手做几件休闲的服饰，我还常常逛一些布衣店。那些简单的棉质布料，做工之精良让人感叹，选好了，能穿出非同寻常的效果。

说是人帮衣，衣也帮人，其实衣服有时候也罪人，记得菲律宾那个叫马科斯的总统老婆,丈夫下台后,她的罪状之一就是衣服鞋子多。宫廷这些事,不是我们寻常百姓所能理解得了的。只是把这些鸡毛蒜皮的事都抖搂出来,对双方都未必体面。

我还差不多是个围巾控,收藏的围巾有一百多条,各种价位、各种款式、各种面料,卷在一个透明的整理箱中,换季的时候,挑拣出一些摆在床边箱柜上,是为赏心悦目。更欢喜着这每一个换季的时节,一件一件整理服饰时的熨帖,心都跟着香艳。

我以为,穿得体面,是对身边人的一种尊重,也会换回别人对自己的敬意。有时候,穿着丝绸长裙,踩着高跟鞋,去小店打包一份热干面。店里吃饭的客人会顷刻之间安静了许多。厨子会停下来,耐心地询问你的需求。老板娘说话的声音也低了下来。这是我的亲历,若是不信,你不妨试一试。时常觉得,换洗衣服、保养皮肤、护理头发,是自己一个人的需要,其实和悦的是周围的世界,别人会因为你的出现而感受美好。穿衣的进步,应是人类文明重要的组成部分。

女儿小时候,我对她的穿着从来不肯马虎,哭闹也不妥协,不肯任她随意。还没几年的工夫,女儿开始和我调了个儿,教导我如何穿着打扮,什么合适什么不合适。女儿成人了,母亲可不就变成了老人?女儿说,你自己不把自己当老人,你就永远不会是老人。她让我看她的钢琴老师,七十多岁的中央音乐学院的教授,发如银丝,皮肤纵然有了小皱纹,却也细腻光亮。当她穿着碎花连衣裙,声音甜美,快乐地指导学生上课的时候,你觉得她就是一个少女。老师说,她每天晚上坚持给脸部敷面膜,早晨起床第一件事就是梳洗化妆,几十年她都坚持穿连衣裙、长筒丝袜和高跟鞋。在家里给学生上课,从来不懈怠对自己的修饰。我觉得她教会孩子的不仅仅是钢琴的技能,更是教会了她们做女人的气质。

女人的精细和奢华并没有必然的关系,有时候,偶尔窥视到一个外表朴素的女子,内衣却极为整洁严肃,让人忍不住心存敬意。反而是对外表奢华,肯几百几千地为自己添置外套,内里却粗俗不堪的女人,有一种说不出的嫌恶。这种人,进入私人空间就蓬头垢面,没有不带洞的袜子,褪色的内衣裤胡乱地堆放。不知道她是怎么想的,舍得买价格昂贵的羊毛外套,却不肯换一件贴身的背心。这说明,她们只会取悦别人,而从不取悦自己,这样的女人虽然有钱,却没有尊贵。在西方电影里,常常看到落难的贵族女子,简单的衣饰,一定是整洁干净的,即使生存在破旧的房子里,每天都要清洗头发和身体,睡觉前把衣服整齐地叠放在枕边。这样的女子,身处什么样的恶劣环境,她们的心灵都足够尊贵优雅。甚至可以说,贵族的尊贵,放在优渥的环境里并不觉得有什么,只有在逼仄的环境里,才会真正显现出来。尤其是当一个人独处时的优雅,才是真正的优雅,尽管可能是用孤独打的底子。

# 七

前年随团去墨西哥访问，在印第安人的手工作坊，我发现了一直心心念念想要的桌布。黑黄交织，虽醒目也不显张扬。黑是纯粹的黑，黄是明黄，大胆的图案设计，华美的配色，朴拙而又尊贵的质地，样样都让人爱不释手。二十美元，我毫不犹豫地买了两块。因为过于厚重，行李箱塞不下，手提一个大购物袋在国外长途奔波，狼狈之相可以想见，至今想起来还忍俊不禁。幸而同团的两位男士体恤，一路不辞辛苦出手相助，终于遂了心愿。

地毯、桌布、床单、披巾，这些好像无关紧要的物品，对我却一直有着无法遏制的魅惑。

对于家居摆设，我喜欢简洁明快的风格，所有的物什都强调简单，但客厅地板上若置放一块羊毛地毯，感觉一下子就出来了。若要用一个词形容这感觉，却又说不得，很难表达到位，就是既很洋气，又很浪漫那种，很像过年穿新衣新鞋那样的感觉。平面直角的餐桌，木制的，笨重的，看上去很闷，若是铺一块雅致的餐桌布，效果立刻就不同寻常了。坐在餐桌前的人，亦会不自觉地端庄了许多。一碗面，或者素白的米饭，在铺开的桌布上享用，能感觉到别样的滋味。更甚之，泡一杯茶，坐在临大窗的餐桌前看一本书，时间过得从容而优裕。

对房子的装修,我似乎没有更多的要求,用环保的涂料粉刷墙壁,柜子直接拼装在墙上,寥寥几幅朋友的字画。窗帘是纱质的,即便是合上也能有微光透入。我喜欢这样的感觉,夜间关上灯,仍能感受到城市之光和她的温度。我唯一固执的,就是对地板的苛刻。木地板给我一种安全感,阻隔了与钢筋水泥的直接面对,在很大程度上缓解了情绪的焦虑。我也喜欢养狗,狗肆意地卧仰,总觉得活动在木地板上的狗是舒适的,身体更健康。有时候,我也会坐在地板上看书,当然,也是在大窗下,一本一本地摊开,四周全是书,想起谁写的"我坐在一大堆阳光和书中间",那种满足感瞬间爆棚。

我始终拒绝在卫生间阅读,所有的书都不允许家庭成员携带入厕。纸质书是吸味的,沾了杂味的书籍如何能再安然阅之?

我喜茶,其实泡茶无须繁复,只需一套简单的杯具。不过,说来简单,喜茶的人,总是会喜欢茶具,尽管每次都抑制住自己的冲动,但总还是忍不住添置一些茶碗和玻璃茶器,只是觉得赏心悦目。天长日久,茶碗倒成了一道景观。

不管什么样的居住状况,清洁一定是必需的。经常会有朋友倾诉,两夫妻为做家事而怨愤。我十分诧异,做家事对女人不是一种享受吗?你想啊,偌大的一个世界,仅有这一片是属于自己的私人空间,悉心地打理,一桌一椅慢慢拂拭,如对话般体贴,不是像赏宝一样心怡吗?

少年时,常和院子里一个叫小咏的女孩玩。他们一家子过去在长沙,父亲从部队转业回到北方家乡,全家人都带了回来。母亲是一个丰腴漂亮的少妇。外婆气质也不凡,一眼就能看出是在城市生活惯了的人。第一次吃到盐渍的话梅就是外婆给的,只一颗,放在小手心里,轻声叮嘱:握住,不要掉落了。想想我姥姥给孩子们发糖果,从来不这样,她总是抓上一把,胡乱地塞进人家的口袋。因此心中格外诧异,觉得那外婆不凡,既小气又洋气,而这洋气因此而霸气,怪不得我们在她跟前绝对不敢造次。

有时我去找小咏玩儿,她会突然嘟着嘴说:我妈妈说了,想出去玩儿可以,必须先抹了房才能去! 好奇心一下子被吊得高高的。抹房? 房子如何抹得? 立在人家的门口看,见那孩子拿了沾水毛巾,在屋子里认真擦拭。小小的个子,纵不过十来岁的年纪。我一个人甚是无趣,便学了她的样子,自回家去,打一盆清水,找来一条旧毛巾,上蹿下跳地折腾,且越干越来劲,直到一个陈旧的家,被我弄得亮堂堂的。母亲下班回来,自然猛烈地赞扬。自此,像一个辛勤的童工,打扫卫生的活计就归了我。若是小咏唤我玩耍,我也极为郑重地告之,我得抹了房,才可以去玩儿。

好习惯和坏习惯,但凡养成,都能跟人一辈子。每次出差住宾馆,也会不自觉地整理房间,退房时,一定会飞快地把卫生间清洁干净。几乎变成一种强迫症,总担心给别人留下不好的印象,纵使是不相干的人。去年冬天,在北京鲁迅文学院待了三个半月,我想我会是做保洁的大姐最喜欢的学员。晨起的第一件事,就是把小屋子整理干净,连地板和卫生间都仔细地擦出来。每天看见大姐,她总会一脸灿容,笑得花开一样,说,若是都像你,我们可就轻省了。

我从不要求我家的先生给我送花,这样也让粗枝大叶的他省心。送花只是一种仪式,未必所赠之花又有多大的用途。我隔三岔五会到花市上逛一逛,有时单买几株喜欢的闲花野草,有时看到刚从南方空运过来的玫瑰,极为新鲜,如同买菜一样,一整捆拈回家去,再仔细地择了,弄大大的一束,插在阔口的瓶中,不用任何缀饰,美得怡然大方。待花瓣掉落,收进玻璃碗中,下面添了水,漂在水面上的花瓣,比起一枝枝的玫瑰,更加炫丽。净色的床罩上,放一朵玫瑰,一间卧室都喜气洋洋的。干玫瑰花瓣,用布袋子装起来,置放在床头,无论多久都会散发出异香。——呵呵,原本不值得一说的故事,不知不觉竟说得如此香艳!

其实,把花事摆弄好,也是生活。尤其是在北方的冬天,万木凋零,满眼都是破败的气象。这时买两盆半开的蝴蝶兰,就等于换了季,又换了心情。我喜爱深紫色的,或者红粉相间的蝴蝶兰,悉心照护,能开四五个月。再配几盆绿色的植物,忽然间就对人生没有了苛责。这周遭有很多葱葱郁郁的生命,在我们的忽视里无怨无悔地生长和凋零。

# 衣装亦庄

前些日子开一个非关妇女的大会,但其间有许多女性参与,各种年龄、各种品位的妇女们。有人注意到魏小姐的腕子上戴了一只冰翠的镯子,一个饭局间,有好多人隔着桌子关注着那只镯子,懂行的都在心中暗估,价格大约得六位数以上了。待脱去大衣,她的颈项上又闪出一粒镶钻的南珠,应该差不多有二十毫米吧。魏小姐已经过了四十,未婚,虽非寻常,却也不是绝色。但有这两件首饰装点,陡然让她升高了几个段数。再去揣摩她的神情,仿佛依然透露出少女的矜持和高贵,比衬得我们这几位整日里相夫教子、已经向生活缴械投降的妇女好像天天都被烟熏火燎似的。她的配饰使她的服饰也显得雅致,让她在整个会议期间闪闪发光,的确让人惊艳。待到次日,再从各自的房间出来,众人不约而同地换了行头,都在暗暗较劲儿,争奇斗艳。

有个名人说,女人只是女人,而男人是猪。话虽然糙了点儿,但与宝玉所谓"女人是水做的，男人是泥做的"也大体差不多。流水不腐，水做的女人就应该多扎堆，从彼此身上映照到自己的优长和不足。最近日子稍微有点松散，我也能得闲到处转转，因此有了一点经验，女人还应该多找些时间逛逛街，看看试衣间里放大的赘肉，在衣服和身体之间明察真相，提醒自我修身的必要。只不过三五年的工夫，有些品牌或者某个款式，已经将某个年龄段的女人删除。不是牌子过时了，过时的是人物。

女人若是有幸成为女儿的母亲，那么母女将成为闺蜜。做母亲的会看上女儿的服饰，兴冲冲地穿在身上，却立马露了馅，完全不是那么回事儿。青葱一样的女儿哪怕蓬着头，脸也不洗不抹，T恤加凉拖就冲到大街上去，简单到极致的装束，仍旧会收获到无数艳羡的目光。这阵势，母亲只会露怯，对自己严防死守，毫不懈怠，稍微有一点点的疏忽，就堕落成大妈了。这时候，你的闺蜜女儿就提醒你，置办几套有品质的衣裙，漂漂亮亮地出门；虽徐娘半老，当风韵犹存。

于是就摇头。于是就点头。于是就低头。

其实，真正不肯屈服到饶了自己，年龄也未必就是关键。前几年去日本韩国，留心街上的行人。这两国的家庭主妇，去趟菜市也必将浓妆艳抹，穿戴考究。她们很少有机会出入公众场合，每天去超市采买就是一次时装走秀。窃以为，一个注重仪容的人，尤其是女人，是对公众表达一份诚意。曾经历过一次颁奖典礼,临时让几个年轻姑娘充当礼仪小姐。日常的功课瞬间暴露无遗,有的女孩脱去外套就如同轻盈的蝴蝶,飘然走上舞台。却也有两个姑娘,棉衣里面的毛衫皱巴得完全无法示人,直接穿着鸭绒棉袄上来,灯光映照得越加愚笨。这大约就是曹雪芹笔下"上不得台面"的粗使丫头吧。可见,功夫在日常。打量一个人的服饰,虽然不是百分之百的准确,但是学识教养、出身背景,大致是可以探得的。当然,当下的世面,不乏假冒伪劣的"贵族",但凡有稍长一点的接触,仔细观其细节,便会露出底色。经验过一个衣着讲究的女子,偶然与之同途差旅,其内衣尽显破旧驳杂,没有一双不带洞的袜子。再品味她,心中便遍生枝节,有了许多遗憾。

女人到了该对自己负责的年龄,端的就是一个得体,依据自己的经济能力,总是可以让服饰合适自己身份的。过了四十岁,宁可少几套花样,也要选择两件喝茶衣装,大方示人。打扮得细致得体的女人,可以省却一半话语,以独乐乐带动众乐乐。所谓人靠衣装,绝非只是以衣帽取人。一个静雅得体的女人,擦肩之间,便会教人多些敬意。

中国女人,大多是职业的,要靠一份工作养家。这是妇女解放运动给女人带来的副产品,是福还是祸,真不好说。很多女人,在外面还是会装点自己,回到家中就极度的不周致,一件睡衣已经旧到没了颜色还在穿。地板擦得锃亮,门口的拖鞋却烂污到让人不敢伸足。常常会有同事笑谈,我老公哪看见我化妆出来什么样子,他早晨出门我还穿着睡衣做早餐,他晚上回来我又换上了睡衣准备晚饭了。这难道不是男人出轨的祸端?首先你自己抛弃了自己,轻贱了自己,怎么让老公待见你?他看别的女人都是俏娇娘,自己屋里却只寻见一个邋遢的厨娘——纵使是厨娘,也该是装扮得体俏皮可爱的。厨房有厨房的活泼,卧室有卧室的妩媚。让自己的男人看到的处处是对他的上心,任凭外面的世界多花哨,心里总还给自己的女人留着最重要的位置。

自零碎文字里,看那些旧时代的名媛,哪一个不是在装点上下足了功夫,秀外慧中,名留史册。五代时期的花蕊夫人,"刻意妆容,艳惊两朝",先后为亡国之君后蜀孟昶和开国之君宋太祖赵匡胤两君专宠。但不要因此认为她是个花瓶,其《述国亡诗》,即使现在读来也荡气回肠,让多少男人汗颜:"君王城上竖降旗,妾在深宫那得知?十四万人齐解甲,更无一个是男儿!"据宋美龄身边人说,她至死都是要日日装扮的,几十年坚持做护肤按摩,不化妆决不见客人。旗袍一直穿到老去,满翠的耳环手镯从不离身首,环佩玎珰,步步惊心。这样的一个老人,到老也依然肤如凝脂指若柔荑,令小她五十岁的人也会忍不住心生爱慕。想当年,她着一袭黑色旗袍,胸前绣一朵金色牡丹,代表蒋公介石会见前来劝降的希特勒的私人代表戈宁。当戈宁拿着希特勒的信件,要求国民政府与日本媾和、合力剿灭共产党时,宋美龄面不改色,字字千钧:"我们中国有一句奉行了几千年的成语,'兄弟阋于墙,外御其侮',说的是,两弟兄在家院里斗殴得很厉害,可是外面来了强盗,弟兄立刻停止斗殴,同心协力,去抵御强盗。今天,日本侵略者乃一江洋大盗,要亡吾人之国家,灭吾人之种族,我中华之全体国民,包括本党与中共,除了弘扬弟兄手足之情、同心同德共御日寇之外,别无选择!"

　　古往今来,衣装与时代、与政治有着千丝万缕的联系。子曰:"微管仲,吾披发左衽矣!"可见,服饰也有关国家民族之尊严。赵武灵王推行胡服骑射,被梁启超认为是"自商、周以来四千余年""第一伟人"。曾几何时,我们举国上下几乎所有的妇女都着蓝黑衣裤。有一次王光美随刘少奇出访,穿旗袍戴珍珠竟成为一项罪名。改革开放以后,首先改的是衣装,终于,中国的街道上也走来了佳人。再不似我母亲那个时代,满世界木讷的脸孔,笨拙单一的袄裤,让她们的整个青春像兜在一只没有棱角的包袱里。如此说来,我们真真是赶上了一个好时代。

# 旗袍秀

在我们那一代人里,我自认为对衣饰的要求还是比较讲究的。但偏于保守,要求品质而不要求新奇,中规中矩,什么季节穿什么衣服,春捂秋冻。就算是夏天,也不穿过于暴露的衣服。这是从我母亲那里学到的规矩,又用它教导我的女儿。三十岁之前,我甚至都不曾想象有一天我会穿上旗袍,这种对我来说过于吸睛的奇装异服。

这样说,并非看不上,旗袍在我心中是很有分量的——过去过于沉重,后来则过于庄重,直到我用那种充满敬意的心态打量它。经典的、贵族式的、东方服装文化最优雅的表达。但我始终觉得它属于过去式,属于民国之前。

生活里的许多事情,都是在偶然中完成的。比如,我突然想写写旗袍。那一整天,对着窗外的天空发呆,偶尔有一架飞机从窗格子上划过。傍晚时分,会发现大片的寒鸦,不停地在渐渐暗下去的天空盘旋,看上去像飘落的黑色絮片。北方城市的冬天,差不多只有这一种鸟在顽强地生存着,它们寄居在那些老旧的行道树上,晚上像黑色的石头,白天则疯魔般地在城市的上空攒动,尖厉的鸣叫声让人心生不祥。这种景象与旗袍和美女均无半点干系,只是这样的暮色之城,很容易让我想起旧电影里的情节,天空之下自然不是今天钢筋水泥丛林中的街道,而是十里洋场的上海滩,抑或是灯红酒绿的秦淮河畔。纵然是在战乱期间,也总会有仪态万方或者花容失色的女人,穿着旗袍和高跟鞋,肩上有皮草。

这些旧电影里的老故事,总是暗合着冬日黄昏百无聊赖的心情。现实里,从十六楼望下去,街道间的女子大多衣衫笨拙而随意,她们匆忙地飘忽而过,为生计而奔波,神色模糊而坚定。为什么半天没见一个穿旗袍的女子呢?想必她们极少步行,应该是端坐在车子里。一个穿旗袍的女人,无端地在大街上胡乱走,让人难以置信。

即使是战乱时期的宋氏三姐妹,看她们行色匆忙时的老照片,也是旗袍装居多,端庄贤淑,凛然不可犯,即使国难当头,也是从容面对。相比较而言,霭玲富贵,庆玲雅致,美玲的衣装则可以用裙裾飞扬来形容,几乎兜不住她的身体,更兜不住她火辣辣的一腔热血。她在美国国会的演讲照片,登载在著名的《时代》杂志上,让全世界为之惊艳。

117

其实,整个民国时代的名媛们,的确已经将旗袍的美与媚演绎到了极致,我觉得那也是一个国家的文化自信的体现。她们用服饰、语音、文字和行为,垒砌了一个东方文化长城,除了宋家三姐妹,尚有那陆小曼、张乐怡、赵一荻、严幼韵、吴贻芳、唐瑛……一长串名字,个个都是中国近代史上的一抹亮彩,她们已毫无疑问地成为经典,成为魅力不散的东方传说。风姿绰约的背后,是暗暗生长的传统的文化力量在支撑,以至发散开来,或大气从容,或独立自信,或灵秀温婉。只是说不清楚,她们与旗袍谁更衬托了谁。

我只是奇怪,若论民国女子的风头,林徽因当是首屈一指,却未见她着正规旗袍的图片,短款的袍子倒是有,也端丽大方。缺失的图片给人更多的遐想空间,却仍然是遗憾。反而在那些有数的美女之中,被徐志摩抛弃的前妻张幼仪却是典雅高贵,一派大方,她是真真能撑得起旗袍的女人。她留下的那款着旗袍的照片,既从容又大气,私下觉得徐志摩实在有些配不上她了。

张爱玲着旗袍,几乎是自信到了自负,看起来目空一切。她有自信的资本,漂亮,才华横溢。但从文字记载中看,现实中的她或许不那么妥帖,骨骼宽大,行动缺少从容,至少身姿不甚妩媚。连她的母亲都对她的仪态略感失望。但人家,硬是穿出一片风景。所谓海派风格,看来其来有自。

我初识旗袍是上世纪八十年代初,到了十四五岁,才陆续看到一批以《天涯歌女》为代表的老电影,旗袍让女人不同寻常的艳丽,让人心惊的妖冶。但根深蒂固地认为,那是资产阶级的东西,是旧时代里的事物,与当今的世事无涉。

不过二十年的工夫,女儿长大了。那一天她突然问我,妈妈结婚时穿婚纱还是旗袍?我的婚礼和婚纱、旗袍,就这样被突兀地摆在一起,令人瞠目结舌。面对这个穿洋装吃洋餐长大的孩子,我无法让她想象我们曾经的岁月。我的婚礼是上世纪八十年代末,在老公乡下的家中举办的。什么样的议程完全淡忘了,只记得流水席吃了三天,院子里摆放几十张桌子,大人小孩,车轱辘般地走了一拨儿又来一拨儿。我婆婆是镇上著名的裁缝,我的婚礼服装出自她亲手剪裁制作。那时是初秋,她为我做了一套蓝灰色的西装,衬衣是艳俗的橙黄。我任由她摆布,听话地穿上了这套小镇礼服。这样的我,应该与小镇新娘最大程度地缩小了差距。公公是那个镇子上公立医院的院长,他和他的同事们都坐在主桌上。

新婚夫妇敬酒,医院的一个医生指着我对我公公说,你家这儿媳妇将来会有出息,她不好穿!这话让我迷惑了半天。后来我婆姐跟我解释说,他家的儿媳妇也是个城里人,大冬天的穿着毛呢裙子回来,下车不到半个小时就走人了,说太冷,吃不了乡下的苦。

旗袍和婚纱,距我的婚礼何其遥远!那时穿旗袍的新媳妇,怕极有可能被乡下人误解为不正经的女人。

女儿结婚前夕，在上海一家旗袍行定做了一件大红的新式旗袍，立领，无袖无肩。她高挑的身形，只有一尺七寸的腰身，穿上半短的紧身旗袍，配三寸高的红色皮鞋，像一条美丽的蛇妖。女儿为我选了一件淡蓝色手绣旗袍，长及脚踝，配白色的高跟皮鞋，我以此而惊艳，旗袍如此进入了我的生活！后来，我又做过几件不同场合的长款或是居家的半短袍子。我庆幸自己没有与旗袍错失，而且暗自自负，到了四十几岁的年纪，旗袍的味道倒是比青春的身体更契合。哪怕是冬天，穿一件毛料的长袖格子长袍，重灰与牙白相间，领口袖口镶了正红的边线。袍子把身形曲线衬托得恰到好处，外面套一件长款的咖色西式大衣，黑色的短靴子，处处让人熨帖。

2014年，我在鲁迅文学院高研班学习。学校的文娱活动也是考核学习成果的一部分，每一次的联欢，都极其认真，老师和学员全员上台。我无唱歌和舞蹈才艺，被老师和同学拉上台去走旗袍秀。平生第一次以表演的形式登台，绷不住要笑将出来，却又害羞紧张到窒息。到底是一群女才子，有气质文采做底子，每个人有每个人的气质神韵，每一款旗袍都是一首曼妙的诗，每一个穿上旗袍的女子都变成一阕花间词。这样的秀，给了我们也给了看我们的人特别的感触。本是小插曲，却将作为人生的大事件，在记忆中定格。

前年去苏州，在一家丝绸公司看了一场民国旗袍秀，一百多件收藏者收集到的各个时期的名女人的各式典礼旗袍，穿在模特身上，隆重登场。灯光、美女、华服，奢华到让人恍惚。然而，娇嫩的面目却终是负荷不了旧时代的分量，作这样的秀是需要足够的学养压阵的。比如电影《花样年华》，张曼玉换了二十多件旗袍，美到了极致，却仍是觉得轻飘，与世事隔开很大的距离。再比如电视剧《旗袍》，马苏也穿了几十件旗袍。马苏称得上漂亮，道具用的旗袍也是件件经典，却怎么看都有出演的感觉，仿佛那穿在她身上的衣服是借来的。旗袍的典雅气质，东方的含蓄之美，甚至是旧时代女人的羞怯抑或是秦淮河畔女子们独有的风流，都是在日常里，被文化一点一滴熏蒸出来的。

　　时过经年，旗袍已经步入女人的日常生活，虽然不是人人必备，但不算考究更说不上精致的大众袍子，也渐渐穿堂入市。汶川地震一周年，随采风团去映秀镇访问。映秀是那次地震的中心，虽然各行各业都在重建中，但残垣断壁仍然随处可见。就在映秀小学的废墟旁，遇见那个穿旗袍的女人。她与她的丈夫和儿子走在一起，看起来是震后新组合的夫妻。女人一无所有的坦荡，矮胖，生动。旗袍绝非量体裁衣，柔软的化纤面料，衩开得很低，一眼望之便是大个女人的长袍，生生被截去了一段。便是这样令人错愕的装束，这个面相模糊的穷苦女人，我也在她的眼睛里看到一种光，一种劫后余生的满足感。她的安心快乐，让那荒诞不经的袍子也变得温和得体起来,有着不容侵犯的尊严。

想起来偶尔在菜市上,碰见居家的小妇人,穿半短的素色袍子,挎着菜筐,因为市井里的光照,因为她神色的安详,你突然便发现了美。这样的美,与宴会厅堂中的妖冶相比较,更具血肉相融的人间气息。

当然,这样的市井颜色,需要耐心地打量,平常地端详,以及设身处地地比衬。

# 毛尖

　　我家先生只喜欢喝一种茶，就是信阳毛尖。早饭后一杯浓浓的新绿，他说，一定要喝透。这透是什么意思，到现在我也不明白，只见他喝完神清气爽。至于其他的茶，台湾的高山乌龙还算凑合，至于曦瓜壹号、牛栏坑肉桂、漳平水仙，等等，无论价值几何，统统不入他的口味。太平猴魁他嫌清寡，龙井他嫌浓郁。我每每拿珍藏的陈年普洱好生引诱他，他却怕中毒一样抵制，说那红刺刺的汤水，人也喝得？别说树叶子，什么东西放置那么多年，除了细菌还有营养？

　　于是，我就给他讲茶，讲茶道，讲冈仓天心——他在其著名的《茶之书》里说："那些不能从自身伟大事物中发现渺小之处的人，大多也会忽视他处平凡之事中的伟大之处，茶道就是一个例子。"先生总是不听完就打断我，说，喝茶就是喝茶，把道理讲出来就不是茶了！

其实,如他这般喝茶的河南人中,捧着信阳毛尖喝一上午者,甚多。抓一把茶叶放杯子里,水冲进去,茶叶占据杯子的一半以上。不常喝茶的人,估计抿一口就会苦得打个趔趄。他们一年四季只喝这一种茶,而且也只这一种喝法。有一次我让他改变这种喝法,他倒跟我理论起来了,说,你不懂,这叫细茶粗喝,粗茶细喝。意思就是,好茶要多放才有足够的味道,而孬茶要少放,不能把太多味道泡出来。

想想也有点道理,但我还是给差评,说他被毛尖的清冽弄坏了口。他回应我,不苦的茶还有甚茶意!无独有偶,一次去广州参加笔会,几位女伴关在房间拼茶。我带的是陈年的宫廷普洱,枣香扑鼻,并无一点仓储杂味,博得一片赞。湖北的作家方方却似灌了汤药,连说无甚味道,不好喝!不好喝!之后她到河南,我送了她一盒信阳毛尖"仰天雪绿",不料想,每回再见着,她都啧啧称赞,你那茶太好了,鲜得令人咋舌。

她说的鲜,在我看来就是苦。看来有一种喝茶人,真的只认绿茶。

我以这样不屑的口吻说那般只会喝绿茶的人,绝无贬低绿茶之意。若论其营养价值,绿茶在所有的茶品中当数老大。我的习惯是午睡小起,浓浓地泡一杯毛尖或者龙井,亦可福鼎或安吉白茶。两泡饮下去,一直到晚上都会心旷神怡,体态轻盈。但对于喜茶的我来说,还是嫌其口味单一。相比较而言,还是喜爱陈普的甘醇,肉桂的浓香,水仙的淡雅,正山小种的纯净馥郁。

这些还仅只是做茶饮比较,以我个人的实践,作为食材,毛尖不可替代,且听我道来。做五花肉饺子时,先取一两上好的毛尖,以开水涤过,待叶片舒展开来,剁入肉馅中,另加大葱和鲜姜,只要麻油、盐和生抽,不须加更多的调料。我的绝招是加入几朵香菇和一把泡发的虾仁。这样调出的饺子,味道可以凭你任意想象,一口下去,齿痕间满是茶香,余韵悠长。如果蒸米饭,可直接用第二道的鲜绿茶汤,蒸出的米饭晶莹剔透。我常常不吃下饭的菜,独吞半碗白饭,甘之如饴。写至此处,仍无限神往。我最好的茶餐发明,当讲茶面。就是用洗一道的毛尖冲泡康师傅方便面,叶子一起吃,清鲜脱俗。我敢说,所有的方便面中对身体有害的物质,可去除大半——呵呵,这个当可以申请康师傅的特殊专利。

对于信阳毛尖,我最爱的并不是传说中的黑龙潭白龙潭的"小浑淡",当然这种茶条形漂亮,泡在透明的玻璃器皿中,亭亭玉立,优雅得如同二八美少女。四月间的新芽,尝鲜甚佳,但茶味毕竟薄了些,略微涩苦。常年喝得最多的是紫云苏山春,这苏山春中又另有苏山白茶,芽形不及小浑淡漂亮,但口感好了许多,雅香悠长,回甘不尽。我以为,论其清香,比福鼎和安吉的白茶有过之而无不及。

这毛尖里最入我心的,便是我前边说到的仰天雪绿了。仰天雪绿产于固始的西九华山山顶,产量不多。那年春天我先生去固始任职,我们一路披荆斩棘,费尽千辛万苦攀登至山顶,观那鄂豫皖三省交界处的迷人风光,坐在当年人民公社留下来的茶场里,一杯新茶入口,犹如醍醐灌顶。细品之,味道深厚,独有的栗子香。陆羽在《茶经》中写道:"淮南茶,光州上,义阳郡、舒州次,寿州下,蕲州、黄州又下。"固始在唐代属淮南光州,产好茶当属题中应有之义,只是这仰天雪绿藏于深山无人识。我因为懂茶,也因为爱此茶,便建议先生开发以茶为主的旅游。先生多方募集资金,修了一条水泥山道,羊肠子一样,十八道弯也不止。哪知此路修通不久,第二年,上级发来一纸公函,要采购一百斤此处的春茶,用于国家重要活动的接待。当时我在那里采风,真的见识了做此茶的讲究。选中的采茶女子要接受体检,不可有传染病,要手足光洁,采茶期间不能使用任何化妆品,肥皂沐浴露都不得使用。其间不可下山,吃住均在山中茶场。如果再加之后来的精挑细选,那一斤茶的成本肯定是高得吓人。再喝之,敬畏之心顿生。这茶名,便是那获得过诸多茶奖的名品:仰天雪绿。

此事已经过去十多年,一日看央视旅游新闻,今日的固始西九华山,旅游大巴川流不息,游人摩肩接踵。估计其间诸多登临者,也是慕其茶而来吧。

如此说来,关于茶,关于信阳毛尖,我还真有资格说道说道呢。

# 野的草

　　事情的起因是这样的:去北京学习之前,我特别交代老公,每隔两天浇一下花;除了浇水,任何地方都不要动。不要动! 这句话说的好像要怎么样似的。

　　我的那些花,是我生活里的重大事务,但凡我在,日日照拂,是不肯让别人染指的。在北方的屋子里,一年四季草木葳蕤,足以令许多朋友嫉妒。我在县上挂职时结识一个朋友,他是学林木的,中南林大的高才生,当过学生会主席,写过一本关于花木的书。只是我常常取笑他,书本里的英雄,不懂茶(茶被我视作花木的一种),且不会养花。他每年送我一盆半开的花,色彩不同于寻常,有时是绿色的玫瑰,有时是珊瑚色的蝴蝶兰。照这个林木专家说,这花放在他的书桌上,断乎开不过一个月去,也就败了。花到了我这儿,我摸准它们的习性和需要,兰花都能开上大半年。不是实出无奈,浇水这等大事,哪能交与老公。

一个多月后我回来，发现那些花活得好好的，说明他真是没动过——他喜欢折腾，不是换土把一棵花折磨得九死一生，就是把喜阴的植物搬到阳台上晒死。他的折腾劲儿遗传自我的婆婆，她更是一个喜欢让事物不断调整秩序的人，以表达对家庭事务的有效统治，而且以此为乐，一直到现在都不消停，快九十岁的人了。

看花的时候，还是让我有了惊奇：在一盆富贵子背阴的地方，竟然生出了一棵草。细碎的、扁豆形的叶子，很像含羞草，但又不是，这种草到现在我也叫不出它的名字来。拍了照片问度娘，也没查到。它稳稳地从花盆里侧歪着身子垂下去，又在靠近窗户玻璃的地方，顽强地向上生长。那姿态甚是决绝，抑或是顽皮。我不禁轻轻地笑了起来，为这个卑贱而自信的生命。

它是藏在泥土里来到我们家的，其实这对于专业养花者，是一次巨大的冒险——在它生长出来的那一刻，肯定就会送命了。真正爱花的人，都是以这样严酷的态度对待野草——这多像一桩庄严而忠贞的爱情，以爱的名义毫无顾忌地施放着排他的恨。我常常心疼花盆里的草，它们在我的纵容里长大，长成另一道景观，寒冬里的一抹新绿，多么让人不舍得。不仅仅是为这一点野性的勃勃生机，卑贱的生命也是生命，这是它们可以活下去的充分理由。我记得小时候在我姥姥家，厨房里的水缸后面生长出一棵桐树苗。从来不进厨房的姥爷，那一次不知道为什么进去了，看到这棵树苗,非要砍掉不可。姥姥说,它都长那么大了,你砍它干吗?姥爷看了看确实不小了,只得作罢,后来它就活下来了,姥爷还把草房的房顶扒个窟窿,让它长成了一棵大树。

这个不速之客让我格外欢喜,它来到我们家,躲在一棵并不名贵的花后面,静悄悄的,也没有妨碍谁,让人怜惜得不行。但它也让我纠结,要不要拔掉?它长得太快,根茎粗壮,恣肆地铺展身姿,很有超过那盆花的趋势。所谓"有心栽花花不开,无心插柳柳成荫",看来这种说法其来有自。

谁说生死由命?有时候不过是一念之差。但在一念之间,终究还是没拔掉,看着它每天苗壮地生长,甚至渐渐有了暗喜,对它的关注,也远远超过了那盆富贵子。毕竟,这种欢喜,是意外的,而意外的东西我们总是觉得值得珍惜,会紧紧抓住它不放。那些计划之中的东西,那些我们可以花钱买来的东西,只要我们愿意做出计划、愿意花钱,它们都会如约而来。不过,那些东西带给我们的最多是满足,但绝对不是惊喜。我记得一个朋友这么说过,如果到年终,单位给你发一万元的奖金,你最多高兴一会儿,撮一顿就过去了;如果中了一万元的大奖,一辈子你都不会忘记,每次想起来还都会高兴得合不拢嘴。人,往往就是这么贱。

草每天都在长,甚至我都记得它长出的每一片新叶。朋友们不管谁来了,我都兴冲冲地指给他们看,说,你看这野草长的!说这话的时候,我觉得自己的舌头尖都翘起来了。我觉得朋友们也跟我一样惊喜,赞叹着,抚摸着,像对待一只宠物。我在他们的惊喜里更加得意,人都需要在别人的态度里肯定自己。所以,过不了几天我就把它拍下来发朋友圈,报告它的生长情况。总是会收获那么多的点赞,他们赞美草的漂亮,赞美我的爱心,赞美我的童趣,所以我就更觉得自己做得对。想想也是,在我们如此庸常而逼仄的生活里,谁会为一棵野草牵肠挂肚呢?这样的生活姿态,要有多么优雅才做得到?甚至还可以往大里说,相较于平淡无奇的日子,也许仅仅有一棵野草,就能改变我们的生活态度呢。

其实,仔细想想,野草之所以只能做野草,可能跟它的习性有关系。它就是生命力顽强,在多么严酷的环境里都能够活下来。因此也就不值得我们珍惜了。这又多么像乡下人养孩子,那些孩子不是在疼爱中,而是在丢弃中长大的,他们没有暖气空调,温饱不均,但是从不会生病,像这些野草一样生命力旺盛。

但是,问题到底还是来了,草的生长速度太快,不但很快遮蔽住了富贵子的大部分,而且还跟它争夺养料。富贵子的叶子在逐渐发黄,还有一枝叶子整个落光了。野草露出了它的狰狞。所有的浪漫和美好,倏忽之间都不见了。

那天我们楼下的花工过来帮我料理家里的花草,看到这棵草,他笑了笑,毫不迟疑,伸手就要拔它。我吃惊地叫了起来。看着我复杂的表情,他也没说什么,只是摇摇头笑了笑。

花工走了之后,心里突然涌出一种莫名其妙的沮丧,也不仅仅是为了这棵草。那天我在楼下的操场上走了很久，一直在想着这棵叫不出名字来的野草，它多像我们旁逸斜出的欲望啊，明明知道它是错的，但恰恰因为它的错，才对我们产生那么大的吸引力。也可能是，因为只有在私密空间里它才能生长，好像特意为我们而来；等到我们发现不对头，想去拔掉的时候，它已经蔚为壮观，尾大不掉了。

这个尴尬的结局，岂不也是生活吗？对于我们庸常的生活，尽管有时候觉得它的秩序和安排未必合理，但它就是生活本身。所以，任何违逆不但会打破秩序，也会破坏生活内容，当我们发现这一点并要修正它的时候，那就必须下狠手。尽管，这一点都不浪漫。

春天来了，这株草活过了一个长长的季节。最终我会把它拔下来，恢复人类对自然界的统治秩序。

辑二　回归泥土

# 刺桐港的繁华及其他

　　再去泉州,仍是阴雨连绵。寒湿的气息浸入肌肤,北方旅人会有一个不适的过程。好在,胃口始终一如既往的好。是因为海鲜之鲜美,还是因为各种美食小吃的诱惑所致? 反正,那晚餐后,小雨暂歇,几人踏了湿漉漉的石板路,还要去寻那著名的侯阿婆肉粽。忽有一小女子异议,以如此饱胀之肚腹去寻食,无异于暴殄天物,倒不如先去喝茶。而且,喝茶倒还是次之,主要是有一古厝茶馆,值得一去。她几年前去过,是阳光明丽的午后,喝什么茶忘记了,对茶馆的记忆却异常清晰。

　　距我们入住的华侨大厦,不过三五百米,关帝庙的后街,有一个老旧的小巷子。满巷子都是经营笔墨纸砚的铺子,也有玉器,玉器店也是灰扑扑的老旧,兼卖纸墨。如同进了昔年的文玩市场,处处古意。由不得感叹,这个城市有文化,而且底蕴很深。

　　回头再说这茶馆。它就藏在这些店铺子中间,外观朴素得几乎让人难以寻觅。木门，方石门柱，门上方的牌匾上"古厝茶馆"四个字，以及石门柱上的两对石刻对联，让人顿生敬意。里面的茶客意想不到的稠密，三三两两地围坐。有人在品茶闲谈，有人在喝茶下棋，有人大约是在谈某桩生意，却各自悠闲恬淡，喊喊喳喳，竟无喧哗之声。四方院落的古屋，木质结构，七八百平方米大小，意外的阔朗。我们拒绝了老板娘提供的静室，执意在后庭的回廊上坐了。藤木的桌椅极旧，是真正的旧，不同于三里屯的酒吧，是做旧。旧的桌椅，旧屋上的黑筒瓦，旧房顶子上的燕尾脊……这些旧，不但有规模，阵仗很大，还让人有穿越的恍惚。我们敬爱的王蒙老先生显然已经来过，后庭的门楣上挂着他的字："清其神"。字好，内容也合适，只是这新裱的字，悬于老屋厦里，新得扎眼，让人心生硌硬。

我们依着茶牌叫了茶。小妹端来了肉桂和水仙，价格不等，有九百多元的，有四百多元的，有一百多元的，全是四两的包装。点一筒，开水不收费，自由冲泡，喝剩下的茶叶可以存放亦可打包带走。品茗在后，感受在先。更特别体恤请茶者的钱包，我们只要了一百九十元的水仙。纵使口味刁蛮如我者，茶也还喝得。再要了几样小茶点，那晚的茶资总共两百三十元。若在北京，如此等茶屋，价格怕是要翻上十倍了去。泉州人实在，不杀客。因此，茶才像茶，喝茶才像喝茶，相看两不厌。

这座屋建于清朝末年，原属泉州某望族的宅院。茶庄的主人将其租下,惨淡经营,才有了今天的远近闻名的茶馆。据说此处可以欣赏到古老的南音,可惜我们没能赶上。倒是中间去了趟洗手间,发现女用外书"娘子",男用自然书"相公"。回来说了,惹得娘子和相公各走一遭,于不雅处扮一回雅,自然有一番调笑。

那晚喝了茶,自觉身体轻盈了许多。茶有祛湿的功效,南方偏湿,南方人吃茶估计也有气候的原因。我有个福建朋友是做茶的,本来商标想起作"国茶"。可国家工商局不批,说除了茅台可以称"国酒",任何食品都不能带"国"字。于是他就把国茶改成"国荼"。很多人嘲笑说是白字,实不知更早之前,茶就是写作荼,《神农本草经》所载的"神农尝百草,日遇七十二毒,得荼而解之",此处之荼,就是茶,据说唐代之前两个字是一个读音。闽南人多自中原南迁,为瘴气湿毒困扰。而茶最早也产于河南的神农山,将此作为医方而渐渐演变成为生活的必需品,也未必不可信。

尚有题外话说来。我们那日去了茶馆,喝的是一百九十元的水仙。余下的人却是去了一个画家的工作室,他们喝的是一万八千元一两的"曦瓜一号"。问之,竟无人知其高妙,反正是茶。便悄悄安慰自己,不再遗憾。低廉的价格纵然买不到高品级的享受,但昂贵也未必就是好的标准。一个什么都拿来炒作的时代,"曦瓜一号"或许是好的,总也好不到一万八千一两,喝的不是黄金和钻石,仍不过是茶。

泉州有句古话:"宁可一日无米,不可一日无茶。"可知茶在泉

137

州人生活里的重要。

作为海上丝绸之路的起点，可以想象几百年前刺桐港的盛世繁华。女眷们大抵是在后庭喝茶或请喝茶的。家家都有上好的芽叶，或岩茶，或正山小种。泉州人大约喝铁观音者居多，装在不同的瓷罐子里。生意上的事情自然是相公辛劳，娘子只是负责享乐。整船的丝绸、茶叶、瓷器运往外番，带回整箱的白银，还有番国的珍珠琉璃珠宝沉香。豪华的府宅之间，丝绸锦缎风光旖旎，环佩叮珰，娇妻美眷，活色生香。女人用服饰和珠宝炫示富足，茶更是做足了锦上添花之功夫。男人的价值实现，最终不过是在这后庭。喝工夫茶，估计最能显露功夫，家道的境况，无论多高的手段，都可能在茶桌上露出端倪。

女人也不例外。旧时间里的女人茶话，茶大约在茶意之外。她们说的是茶，而关注的却是彼此颈项上的南珠、发髻上的金钗琉璃的成色和大小。面上不动声色，内里却惊心动魄。失意和得意，小小的阶级斗争，都在茶水中暗隐着。至于茶的价格出处，便不会仔细考量，赞一句好茶，也是言不由衷。这也对，茶喝得久了，反而懒了心思。女人嗜茶不必纠缠来路，好喝便是了。我父亲说过，北方乡绅吃茶，很难说不是一种精神依靠，而且是贵族式的，摆谱。种田扛活者，自管白开水叫茶。白开水里打了鸡蛋荷包，就叫鸡蛋茶；水煮红薯，就叫红薯茶，与茶叶全无关联。

在泉州，还参观了古船陈列馆。静卧于开阔池座上的那一艘躯体巨硕的宋代古船,是男士们关注的中心。细细地看了说明,的确不能不赞叹古代中国先进的造船与航海技术。古船的构造有肋骨与龙骨采用榫接方式构成整体支撑,与肋骨衔接的十二块隔板又将船舱分为十三个部分,这便是宋代领先世界的水密隔舱技术……因为不懂,更觉神秘与伟大。马可·波罗在游记里记述,他在印度见过一种用铁钉组合起来的先进多层船板。而泉州古船底部由二重木板构造,舷侧板为三重,与马可·波罗的描述一致。这样的构造非常坚固,经得起摩擦冲击,也便于维护。男士们沉迷于古人的精湛技术,做着游历万国的美梦。女人似乎更关注船中的出土物质,香料、铜钱、瓷器、贝壳、果核等。香料的种类着实让人沉迷其中,降真香、檀香、沉香……这艘船有力地证明了宋元时期泉州刺桐港的繁盛,有专家学者考证推算,宋船的载重量为二百吨左右,相当于唐代"陆上丝绸之路"一支七百头骆驼的运输队的总重量,所以一直到现在,水运所具有的优越性仍然无可匹敌。

那时的泉州,会是何等的繁华!东至扶桑,南通南洋诸国,西达波斯、阿拉伯及东北非等地,与世界上一百多个国家建立通商贸易关系。所谓国门洞开,是需要多大的胸怀和自信才可以如是!甚至到现在,刺桐港再也未能再现盛极时期那种"市井十洲人""涨海声中万国商"的繁华景象。

沉船出土物品中,未见丝绸和茶的记录,这始终让我困惑。

彼时，泉州种茶已经很普遍，宋代已经有出口记录，饮茶植茶已经成为泉州百姓的寻常生产生活方式。"山户种茶，游人采掇，圃芽靡遂"。而丝、瓷、茶是当时海外贸易的主要物品，为何船中没有这些？历史学家往往皓首穷经也擦拭不净历史面目，想想也真是其来有自。

茶之于生活，是物质的，更是精神的。在几千年的茶史中，茶既是寻常百姓的生活必需，更成为一种身份的象征。茶的品质往往与吃茶人的尊贵程度相一致，是为吃，更是一种渲染，一种精神自慰。茶有阶级，这似乎是亘古以来的事实。福建茶最早作为商品进入欧洲俄、荷、英诸国，是上流社会社交界的高端饮品，价格昂贵。有趣的是，中国茶传入欧洲，虽然不至于像鸦片一般引发大的政治和社会动乱，但总伴有小插曲发生。1675年，荷兰的食品店里开始卖茶，有钱人在自己的寓所专辟茶室招待客人。每天下午二三时，便是"当了茶的俘虏的夫人们"最喜欢的茶会时间。夫人们浓妆艳抹，穿着华美的礼服在茶间聚会。作为一种时尚，很多荷兰贵妇将家务事交给佣人后便到处参加茶会，老公们不愿意回到没有妻子的家，便去酒馆寻求慰藉，久而久之，"由于茶，荷兰的许多家庭破裂了"。而这种事在中国很鲜见，茶往往成为男士偷香窃玉的工具，所谓逛妓院就有"打茶围"之说——真是可笑得很，茶与青楼的关系实在不止于此，制作正山小种的那种楼房，就叫"青楼"，莫名其妙。

不知道"茶圣"陆羽关于茶的著述是否流传到欧洲，茶在欧洲人眼中几乎是一种仙草神药。荷兰著名医师尼古拉斯在1641年出版的《医学论》中提出："什么东西都比不上茶。由于茶的作用，饮茶人可以从所有疾病中解脱出来，并且可以长寿……茶还有止困提神的效用，所以对通宵写作思考问题的人颇有作用。"呵呵，作为一个作家，喜欢喝茶看来真是有理论根据了。

在英国，完全可以把茶作为国饮，起源于维多利亚时代的下午茶传统，一直持续至今并影响到世界各地。据说是英国查理二世的夫人凯瑟琳将中国茶推向贵族社会，甚至还有学者考证出凯瑟琳最喜欢的茶是武夷正山小种红茶。曾经有诗人为王后写过一首这样的诗：

> 维纳斯的香桃木和太阳神的月桂树，
>
> 都无法与女王赞颂的茶叶媲美；
>
> 我们由衷感谢那个勇敢的民族，
>
> 因为它给了我们一位尊贵的王后，
>
> 一种最美妙的仙草，
>
> 并为我们指向了繁荣的道路。

可能这是西方最早的咏茶诗吧。

写这篇文章期间，无意看了一部美国电影《公主日记》。电影内容大部分都没怎么注意，引起我兴趣的是贯穿始终的女王的下午茶。许多场面都跟喝茶有关，女王的助理甚至在递茶时说了一句："陛下,这是顶级的乌龙。"这乌龙应该与中国有关吧。

中国古代的丝绸之路,不管是陆上还是海上,出口最多的还是茶叶和与喝茶有关的瓷器,因此,刺桐港又有"丝瓷之路"和"丝茶之路"之称。

关于茶的故事,无论是达官贵族式的,还是乡间村舍的传说,无不妙趣横生。宫廷茶有贵族的庄重,农人粗茶烹水,也别有滋味。所以在泉州不管走至何处,都有人捧出一杯茶,哪怕是乡间贫陋之地。因为茶,顿时对泉州有了不一样的感情。

两次来泉州,我看了鞋都晋江、衣都石狮、石都惠安,但我更想看的是瓷都德化、茶都安溪、香都永春。德化是中国瓷文化发祥地之一,也是中国三大瓷都之一。德化瓷不仅历史悠久,而且对瓷艺的传承可圈可点,今日德化已经成为中国最大的工艺瓷生产出口基地。安溪是铁观音发源地,我国著名的乌龙茶主产区,也是中国茶文化的主要发祥地之一,上述女王喝的乌龙茶想必就来自于此,所以,它作为中国最大的乌龙茶生产和出口基地,确实当之无愧。而永春作为"中国四大制香基地"却很少有人知道。永春制香的历史可追溯到宋元时期,当年阿拉伯人沿着海上丝绸之路带来香料,其后裔定居永春县,以制香为生。永春香质优价廉,行销国内外,被国家授予"中国香都"称号。

瓷、茶、香,多么美好的事物!女人对于这些物质,永远有着无法抵御的欢喜。

在泉州的涂门街,我们参观了我国现存最古老的伊斯兰清真寺——清净寺,它见证了泉州的辉煌史。沿着海上丝绸之路,不计其数的阿拉伯人带着香料、药物和各种奇珍异宝来到泉州,又从这里把中国的丝绸、瓷器、茶叶等商品运往西方。很多阿拉伯人在这里定居、通婚,目前还有十万阿拉伯人后裔在泉州生活。"海上丝绸之路"的兴盛,使得泉州成为历史上吸纳海外文化和向海外传播中国文化的重要门户。

我个人觉得,泉州的稳定、繁荣和文明与宗教文化的发达有相当大的关系。在泉州,道教、佛教、伊斯兰教、印度教、景教、天主教、摩尼教等多种世界性的宗教长期共存,形成了东西方文明兼容并蓄、多元文化相和相安的奇观,被誉为"世界宗教博物馆""神学文化宝库"。宗教间的宽容,是世界上最难也是最伟大的宽容,也以此看到泉州人的胸怀。老君岩造像、开元寺、伊斯兰教三贤四贤墓、清净寺、草庵摩尼光佛造像、德济门遗址出土的许多外来宗教石刻及众多的中西合璧的民间建筑,更是让人流连忘返,叹为观止。

泉州不只是一座城,而是一个世界。八百三十六万人的"本土泉州",分布于一百三十多个国家和地区的七百五十万泉州侨亲的"海外泉州",九百万泉州籍台胞构成的"对岸泉州"及二百余个异地商会和人数达二百多万的异地泉商构成的"异地泉州",可不就是一个世界?

在归途的飞机上，我相遇两个泉州小伙子，不过二十五六岁的年纪，一脸的淡定老成。交谈中方知，他们在河南郑州拥有一间运动装商铺，生意做得还不错。一路上我们相谈甚欢。泉州人看问题的方式方法，真的跟我们不一样，我觉得我了解的泉州还太浮面，太主观，不过这已经是我另一篇文章的内容了。

　　飞机抵达郑州，我们挥手相别。走出机场，外面下起了小雨。站在雨中，怎么突然就有了只把郑州作泉州的伤感。

# 巾帼

小雨淅沥，"重走长征路"就这样开始了。重走，一次沉甸甸的旅途。川陕苏区将帅碑林，嵌碑两千两百八十八块，镌刻有八万五千名红军战士的英名。八九万鲜活的、青春的生命活成了石头，年龄永远定格在也许也是这样小雨淅沥的日子里。这里是四川省巴中市城南的南龛山，是中国最大的红军碑林。这，是我们此行的起点。

在细雨中，采风团举行了肃穆的启动仪式。其后的拜谒中，不期然，我遇到了那属于我的、此行"长征"的起点。由此，我有了一种隐秘的心情，仿佛冥冥之中的一次召唤，一个生命的邂逅，就藏在这巴山蜀水中，等待着我的到来。

张琴秋。

这个名字并不陌生，甚至在中国共产党的党史里还相当引人注目。她生于一九〇四年十一月三日，逝于一九六八年四月二十二日,学名张悟。一九二四年十一月加入中国共产党,曾留学莫斯科中山大学。长征期间,张琴秋担任红四方面军政治部主任、中共中央西北局委员等重要职务。建国后,张琴秋担任了纺织工业部党组副书记、副部长。在解放军出版社出版的《解放军将领传》中,专门介绍了张琴秋,视她为没有军衔的红军将领;《中国军事大百科全书》中,认定张琴秋为红军唯一的女将领。"文革"爆发后的一九六八年,因受残酷迫害,这位杰出的女性毅然以死抗争。直到一九七九年,才被平反昭雪。

这些史实,之前我已经有所了解。然而,此刻我真正遇见了她。

我之遇见,确乎是那种一个生命与另一个生命的遇见,有血肉的相逢,更有同属女性的那种唯一的、吐气如兰的彼此交融。原谅我,原谅我此刻暂时忘记了铁血与丹心,忘记了戎马倥偬与创业艰辛,我只能够服从在自己有限的、一个女性的情感里。我想,恰是这样一份女性的气息流布在八十年前的那次征途中,才使得史诗更加丰饶与低回,更加如泣如诉、感人肺腑。

她的塑像——不,是她,立在细雨里。她的身边站立着徐向前、陈昌浩、曾中生、傅钟,甚至不远处还反向站着张国焘。八角帽,红五星,短发齐整,笑容矜重。她就那样地看着我。她当然是矗立着的,我唯有仰视才能迎上她的目光。但是,远远地,远远地,我就读懂了她目光背后的那份深意。那是女性和女性相视时

146

的默契啊,甚至,都怀有一份不足与外人道的私密的窃喜。那里面,有同类雀跃的心情,也有同类的感同身受与百感交集。

我知道,她出生于浙江桐乡县石门镇的一户小康人家,与茅盾先生是同乡。她的小学同学孔德沚,恰是茅盾先生的夫人。这对她的第一次婚姻乃至一生都产生了重要影响。从振华女校毕业后,她先后到杭州女子师范学校和蔡元培创办的上海爱国女校读书。在上海读书期间,她经常去看望也在上海的孔德沚,很自然地认识了茅盾先生,接着,也认识了茅盾先生的弟弟沈泽民。由此,她有了自己的第一段婚姻。

许是"茅盾先生"这个因素使然,那种与文学密切关联的信息,更加使得我与她心有戚戚。当我迎向她的目光时,宛如受到了精神世界一次盛大的邀约。我的写作,我的生命,都将因此而别开生面。我愿意,将此看作我写作长征"重走"的一个契机。她读懂了我眼里的那份迫切与震颤吗?

在长期的革命斗争中,她与沈泽民结下了深厚的情谊。一九二五年十一月,她与沈泽民举行了新式婚礼。婚后与茅盾夫妇、瞿秋白夫妇毗邻而居,度过了一段非常愉快充实的生活。不久,孔德沚加入中国共产党。这样,茅盾夫妇、沈泽民夫妇都成为共产党员,成了一个名副其实的革命家庭。

多么美好的一段往事啊。胸怀天下,意气风发,铿锵生活的背面,还宝贵地伴随着琴瑟和鸣、情投意合。我是多么为她这样

147

的日子而高兴，就像多么愿意给天下的姐妹都送上祝福。

随后，就是留学苏联，就是归国革命，我崇敬她革命家的英姿飒爽，也同样牵挂她作为一个女性特殊的遭际——生子、丧夫，在血与火的斗争中，承受着一份普通女性不能忍受的生命之重。

一九三三年，沈泽民病逝，年仅三十三岁。三十年后，一九六三年，沈泽民的迁葬追悼仪式在红安隆重举行。在这三十年里，张琴秋有过怎样的心路历程？沈泽民的死带给她的创伤又是怎样被生活的针脚密密麻麻缝缀起来的？然而，在这一天，心中的伤口终于迸裂，血流如注——此时，张琴秋抱着沈泽民的墓碑，泪飞顿作倾盆雨。

一九三六年七月，在第三次过草地之前，张琴秋与红四方面军政委陈昌浩结婚，开始了她的第二次婚姻。一九三六年十月，红四方面军一部两万余人组成西路军，进入甘肃河西走廊。已怀孕的她作为组织部长，担负着繁重的干部调配工作。不久，担任西路军军政委员会主席的陈昌浩要西路军政治部主任李卓然把张琴秋送到西路军总医院，以使她能安全分娩。但在临泽守卫战失败后，西路军后勤单位被迫撤离。在撤离途中，"马家军"的骑兵穷追不舍，张琴秋恰巧在这个危急时刻分娩了。由于战场的特殊环境，这个婴儿没有存活下来。这次分娩给她留下了严重的妇科病，使她此后再没有能够生育。

"分娩""再没能生育"……这轻飘飘的几个字，对行走在生死线上的一个女人，意味着什么呢？

大时代之中的革命者啊，我们将应当怎样猜测你们的心情？抑或是，到底要有多坚强才能承受这一切？

陈昌浩去苏联治病，由于苏德战争的爆发而无法回国，不得不长期滞留苏联。他与张琴秋的婚姻名存实亡，组织上同意了张琴秋与陈昌浩解除婚姻关系的请求。即使与陈昌浩解除了婚姻关系，张琴秋在对待陈昌浩的前妻和孩子上，表现出了高尚的人格，对他们无微不至的关怀和照顾，也值得在历史上重重地描上一笔。

一九四三年春，经中共中央组织部批准，张琴秋与红四方面军的老战友苏井观结为夫妻。徐向前和当年红四方面军的许多老战友都赶来向他们庆贺。新房的墙壁上张贴着红四方面军老战友撰写的一副对联："两位老家伙，一对新夫妻"——呵呵，"革命乐观主义"和"革命战争中结下的深情厚谊"，从来没有如此鲜活地呈现在我的面前。新中国成立以后，苏井观、张琴秋夫妇双双担任了中央人民政府的副部长：一个在卫生部，一个在纺织工业部。他们相敬相爱，过了一段十分美满幸福的生活。一九六四年，苏井观因病情恶化，抢救无效逝世。"老家伙"剩下了一个，"新夫妻"留下了一人。

——四年后，形单影只、悲愤莫名的张琴秋从楼上一跃而下，坠地而亡。

以一个女性的历史，尤其是婚姻史来丈量一位革命家的一生，这也许是我的狭隘，但我想从这样的"狭隘"之中，抵达更为辽阔的宽广。

我们在细雨中凝望着彼此。她的目光如此坚定，其来有自；我的目光也如此执着，欲罢不能。这个"二十八个半布尔什维克"之一的女人，当她饱经磨难、九死而未悔的生命突然从高空抛下，那一刻，她想到的是什么？

这凭空一跃，让她的历史充满了玉石俱焚的脆响和我们扼腕叹息的惆怅。

此刻，我只想到了一个词：巾帼。

巾帼，古时贵族妇女祭祀大典时戴的一种用丝织品或发丝制成的头饰，其上装缀金珠玉翠制成的珍贵首饰。如今，我们把"巾帼"作为对妇女的尊称，称女中豪杰为"巾帼英雄"。但依旧请原谅我，此刻，我想省去"英雄"的后缀，只以"巾帼"来呼唤她。

——巾帼。

当我这样默默呼唤她时，我真的听到了群山的回响。

祝福这个民族吧，祝福天下，祝福苍生，祝福这天下苍生中的巾帼吧——这，不就是你当年拼将一生所谋求的一切吗？

# 只把他乡作故乡

多年以前，我曾经写过一篇关于故乡的文章。我们这一代人，已经越来越少使用"故乡"这个词了。我们中的大多数，也真的不知道哪儿该是故乡。每当在各种表格中填写"籍贯"的时候，总是习惯性地填上"某某县"，其实既非生于斯也非长于斯，甚至一辈子都不会去一趟。如果从故乡这个角度说，我们好似无根的一代。我们的父辈，大多是少小便离开家园，纷纷扰扰的世界让他们历尽人生的坎坷，肉体和灵魂都漂泊到了疲倦。所以，所有关于故乡的记忆都幻化成为美好，田野是那么丰饶，河水是那么清澈，日子是那样香气四溢，家园是如此温存——其实，令他们日思夜想的不是几间旧房子和满院子的老树，也不是唏嘘着递过来的青筋毕露的手。他们想挽留住的，是那样一个时代，是那些无忧无虑赤脚蹚水的日子。

但那个时代已经一去不复返了。故乡之于我们，更像一个虚拟的世界,在父辈的叙述里生成。仿佛是一篇好小说,每一个起承转合都那么熨帖,草蛇灰线,伏脉千里,随便找到一个线索就会有千万条想象闻风而动。一棵老槐,一条石板街,一间生满瓦苔的老屋,一个扭着小脚缓缓挪动的白发老姬——为那个莫名其妙的地方,陡然间会热泪盈眶。父亲不在已经很久了,父亲的故乡却在我的思想里扎下了千万条根须,没日没夜地生长。

可是,即使故乡从一个个形容词演变成了名词,它还是显得空泛和虚幻,一直到这次去山西晋城采风,遇到良户,才算真正坐实了。

良户是晋城的一个古村落。走进良户的刹那,陡然间便湿润了眼睛,这不就是父亲口中的故乡吗?那一刻,虚拟战胜了现实。我宁愿虚拟战胜现实,因为我知道,我父亲的故乡是河南省西华县的一个小村庄,一个被称作黄泛区的地方。那里十年九涝,一九七五年,一场百年未遇的大洪水洗劫了它,所有村庄被荡平,父亲的记忆再无依傍。他回去看过之后,胆子大了数倍,随心所欲地描摹他儿时的家园,田园丰美,牛羊成群,屋檐之高比天安门城楼矮不了几寸。家乡在他的叙述里一次次地被创作,并且不停地修改。到了后来,连他自己都迷惑了。

我家先生有一个表叔,当年的国民党高官,解放前夕率部投诚。他自己说,投诚是割舍不下故乡。这个表叔娶的是昆明一个盐商的女儿,她至今健在,而表叔死于 1974 年,用一根红薯藤了结了生命。我曾和表婶相处了一些日子,她每一次回忆起丈夫,都要先说到丈夫的故乡,宽阔的大马路,青砖灰瓦的大屋,丰衣足食,瓜果飘香。她回过丈夫的故乡吗?我觉得,婶子和我一样,丈夫真实的故乡始终是生长在想象里的。而今,良户让我找到了想象的模板。良户的存在,不在于它留下的多少关于古村落的现实价值,重要的是我们这一代人,可以理直气壮地告诉我们的后人,关于故乡的一切,是多么的真实可信。

我去过山西的乔家大院,也去过河南的马家大院、康百万庄园。这些过去被财富所创造、现在还在财富的海洋里载浮载沉的老宅院,已经变成了彻头彻尾的景点,它被资本的力量高高举起并拱卫,与"故乡"隔着千百万里的距离。而良户,它只是一个村庄,被世代居住的村民们一砖一瓦建造起的村落。

良户村的历史,要从村西头的唐槐古树说起。据考证,这棵树至少有一千多年的历史了。除了当地人的言传口述,据早年出土的宋代墓碑以及保存尚好的元代玉虚观碑记可知,该村在唐宋时期业已兴盛。相传,唐朝时有郭、田两姓在此居住,当时的村名叫"两户"。唐末宋初,陆续又有袁、高、邵、宋、宁、李、秦、赵、张、苏、窦、王等姓人家迁居此处,人口规模逐年增加,发展到金元明时期,已粗具规模;至清代,逐渐抵达鼎盛。

逐水而居是人的本能。良户古村在明公河北岸依山势而建,因地势而错落,自然形成较好的景观环境和生态环境。民居院落坐北朝南,前低后高,宅院的组织与山水呼应,具备天然的排水条件。整个村落三面环山,一面临水,不仅符合传统风水理论的要求,而且是生产力水平低下的北方农耕文明背景下理想的人居聚落。也许在建村之初,当时的祖先就有了详细的考察和规划,可见中华文明之博大精深,良有以也!现在的良户人说,他们这个村子背靠起伏绵延的凤翅山,形成"觅龙"之势,而且达到了"负阴抱阳""背山面水"之目的。明公河蜿蜒穿过村前,构成了村落的中心纽带,再呈"观水"之相。这些天人合一的居住理想,在一千多年以前,也许只是普通的常识吧。

今人将良户划分为"一村""二寨""三湾""五街""六井""八阁""九巷",基本上概括了良户的建筑风貌。是否合理,也未可知。但能看到纵横南北的大小十四条街巷,至今保存完整。规整的沙石街道,两旁的建筑鳞次栉比。斑驳的门楼古匾,透过千百年的沧桑,仍在炫示着当年的显赫。不仅如此,当时基层村庄的治理和自治,也值得我们认真反思。良户古村的建设之规范、管理之细致以及公共服务系统之完善,令我们咋舌。水井、打谷场、作坊、商铺、私塾、庙堂、更房、戍楼,等等,绝非拍脑袋工程。至今尚有多处用来御敌的戍楼和负载多种商业功能的当铺院,保存得相当完好。

史料上说,良户村有各类庙宇二十二座。因为年代久远,有的庙宇受到天灾人祸的毁坏,如今只剩下遗址。在漫长的岁月里,这些庙宇曾经承担着统一全村人思想和行为的重任,以不言之威,颁布各神祇的道德律令,以善恶有报的终极态度,酝酿着村人的敬畏之感。它们均匀分布在村庄各处,从东往西依次有皇王宫、关帝庙、白爷宫、文昌阁、魁星楼、玉虚观、药王庙等。除文昌阁,其余均较好地保存至今——文昌阁除了承担祭祀功能,一般还是文人雅士聚会之所。我据此判断,它可能毁坏于"文革"时期,因此也可以把它的毁灭看成传统乡村文化最终土崩瓦解之象征吧!

与古庙相呼应的是戏台。如果把庙宇看作乡村政治中心的话,戏台应该是乡村的文化中心,而且两个中心往往相辅相成。在传统的祭祀中,不仅要供奉各种供品,还要把人们喜爱的戏曲文娱节目供奉给神灵。良户有公共戏台三处,最具代表性的当数大王庙内戏台,雕梁画栋,结构严谨,墙壁上的题记记载着清朝各年间演出的盛况。经过经年累月的风雨剥蚀,大王庙内戏台依然像一个身子骨硬朗的老乡绅,稳稳地蹲在那里,宠辱不惊。

我极少在一篇文章里不厌其烦地述说某地的风物景观,但如此完备的古老乡村文化,着实让人痴迷不已。请容许我再说说民居。良户有一条西大街,自那棵千年古槐向东,南北两侧,张家院、邵家院、郭家院、罗家院、高家院、李家院等八十余处民居院落次第铺展。我敢说,这些民居的设计者和建造者,放在今天个个都是大师。其建筑技术之精湛,装饰之华美,尺度宜人,匠心独运。点点滴滴,无不令今人惭愧。在这里品味古老的东方文化,足可以让我们骄傲到傲慢。尤其是那高低起伏、错落有致的建筑风格,相互之间有呼应,也有制约,内敛处滴水不漏,张扬处玉树临风。细细看来,每一处都蕴含着深不可测的文化内涵,而且这种文化在古代普通民居之中的渗透,绵密到无远弗届。

不仅仅出于好奇,或者可以说是心疼,我一再向他们询问这些古宅院后人的下落,打问可有房屋建造者的后人来此寻根。

答案可想而知。这样的良户,之所以让人心疼,只是因为它不是一根一脉的根,一村一户的魂,而应是古老的中国传统的基石,东方文明的瑰宝。古老的良户,即使褪尽繁华,依然可以感受到它过去的市井繁盛,生活安泰,富裕明亮。穿越成一千年前的新娘,穿着艳红的袍子,一十二人的大轿,在吹吹打打的喜乐声中穿街而过。嫁入高门大院,繁衍子嗣,安然度日。十代百代的妇女,所梦想期待的,不依然是这般饱满的日子吗?

此处不是故里,何处才是家园?乡土建筑学家、清华大学建筑学院的一名教授评价说:"通过良户的遗存告诉人们,生活是应该而且可以这样精致地、艺术地、富有感情和实事求是地去创造。"

在良户改造后的小广场里,相逢一个小脚奶奶,看来有九十多岁了,白衫黑裤,扎着绑腿,走起来一扭三晃。老人身体依然硬朗,表情甚是从容。无法想象,她一生经历过的是什么样的富贵与沧桑，神情里独有一种尊贵，确切说该是淡然，真正的宠辱不惊。我带着掩饰不住的艳羡，向她表达我对良户的赞美。她静静地听完，突然大声地告诉我们：我娘家侯庄街，可比这大多了！她的声音之大，与刚才的淡定判若两人。那是一种不屑，抑或是愤怒？

也许，从"大城市侯庄"下嫁，是她这一辈子咽不下的委屈，而且，这话也只能说与如我这般的外人听。陪同的高平人告诉我们，单一个高平，像良户这样的古村落就有好几个。老奶奶所言的侯庄，据说古代民居的规模和奢华是远远超过良户的。

我奶奶活着，大约也是这般年纪。不对，掐指算算，应该是更年长一些。我父亲总是喜欢叙述他母亲出嫁时的气派，八抬大轿，十几单嫁妆，还有陪送的百亩良田。他激动着当年的豪奢，对曾经的富贵荣华沾沾自喜。他怎么能忘了，是自己背叛这个家庭而投身革命的——我一直觉得，像父亲这样的人才是真正的革命者，否则，赤手空拳去分别人的资财，并没有创造任何财富，那是革的哪门子命呢？

尽管是门当户对，但我奶奶富足的娘家让她在我们家足足尊贵了一辈子。她是不是也跟面前的老奶奶一样，是从"侯庄"那样的大地方下嫁，已不得而知。这个良户村的老奶奶，她所骄傲的侯庄，是否也让她像我奶奶那样体面地生活了一辈子呢？

故乡，曾经这样地影响着一个人的生活，我辈是无论如何也体会不了的。在高平，有多处著名的古村落都空留遗址。良户自然也有让人心惊的残垣断壁。当地人说，上世纪六七十年代，越是先进模范村，越是毁坏惨重，那叫"破四旧、立四新"。而今，"四新"是什么，已经很少有人说得清楚；而"四旧"，重新涌入我们的生活。可见，文化的倔强是不以人的意志为转移的。

新世纪以降，富裕的村庄都建起了社会主义新农村。良户显然慢了一步，却得以幸存。"室接青云"是良户田家大官人、康熙年间官至户部侍郎的田逢吉家的祠堂和书院。过去的村庄，祠堂是不可缺少的公共建筑，它既是家族身份地位的象征，也是维系和管理家族的枢纽，往往具有承前启后、劝人进学上进的特殊功能。清代起，田家人由于外地为官者居多，祠堂逐步冷清，后来改为民居，新中国成立后则被几户分浮财的贫民占领。也许正是旧院有了主人，才能保留至今吧。时至今日，院门石柱上依旧端坐着两只生动的望天吼。他们说，"文革"时红卫兵提着锤子去砸，院里的老奶奶舍命相护，说要打落它们，须先要把她打死！我估计不是因为有眼界，或者出于爱护文物，而是对自家资产本能守护的一己之私吧！中国的历史，自阿房宫始，始终在建设和毁灭的旋涡里周旋。这远古辉煌的村落，奢华的建筑，能扛得住几世的兵荒马乱，却在新中国阶级斗争的暴风骤雨中被折磨得面目全非。上世纪五十年代大炼钢铁时期，从良户官家豪宅盘龙寨上的侍郎府里，拉了几卡车的木雕石雕出去，石雕打碎作为石料建桥铺路,木雕当了大炼钢铁的柴火;六十年代破"四旧"和"文化大革命",很多房主人亲手毁坏了自家屋宇上的雕梁画栋,免得以此惹火烧身。

一户红墙瓷瓦的房子静立街头,作为翻修后的民居,居住着失落的老人和孩子。这是八九十年代开煤窑富起来的人家,被改造的原是金元时期的建筑,经过内外兼修,被改造成一处标准的三层现代民宅。又有发达者,把良户著名的白爷宫彻底修葺。铺天盖地的红色砖瓦,让良户人尊崇了几百年的白爷,彻底沦落为一个心满意足的乡下财主了。更让人啼笑皆非的是规模浩大、保存完好的侍郎府后院的旧堂屋,现在已经被改造成三间崭新的红砖楼。从高处看良户,感慨良多,看着新建的红砖楼房错落地夹叠在古建筑群之中,说不出来是一种什么滋味。

良户人特别向往他们的村庄能像乔家大院一样被拍成电影、电视剧。他们最崇拜的人是张艺谋,见到北京城的文化人,就打问与张艺谋的关系。他们热切地渴望有人把良户最大的官家田家和最富的商家郭家演绎成一部龙争虎斗的历史大剧,还要添加田家女儿与郭家儿子的情感纠葛,甚至双方家族间痴男怨女们含混不清的暧昧故事,以及穷人和富人之间的阶级仇恨——倒也热闹,拍一部电视剧,佐料足够。可见国人的斗争精神,的确被发扬光大了,一切的缘起缘灭都围绕着斗争,好像离开了斗争,国家社会就不能发展。

而古良户,原本的"两户"村是因为日渐扩大而更名为"良户"的。在这个壮大过程中,如果没有核心价值观的统领和治理能力的推动,怎么会有后来的繁荣昌盛? 传统中国,"国权不下县",国家的行政管理并没有渗透到乡村一级,县下基本靠宗族伦理自治,也就是仰赖绅士阶层。士绅若要获得权威,必须得到民间认同。可以想象古良户的先人曾经怎样地围炉夜坐,彻夜商议顶层设计。即使敲定"良户"这个村名,难道不是期待着民众温良恭俭让,村庄和畅清明,天地风调雨顺吗? 从村中庙堂宅院散布的匾额中也可以看到,处处都在劝学重孝,上敬天地君师,下孝父母;尊卑有序,贵贱有别。从至今留有颂赞田逢吉历史功绩的对联门匾就可以看出,当时的官者富者,曾经怎样地为了村庄后代的发达而殚精竭虑。"名留翰院光留良户,德惠浙江史汇长平。"田侍郎从官场上隐退之后,倾尽毕生之力还报家乡。作为良户村德高望重的长者,他义不容辞地肩负起"为往圣继绝学,为万世开太平"的重任,建庙堂、办私塾、兴规矩,教化一方。还有良户的富商郭家,修桥铺路,扶弱济贫。正是因为官、商、民的和谐相处,良户才有了安详友善、熨帖温雅的生存环境。

"仓廪实,而知礼节。"遍观良户的民居建筑,门额牌楼上尽是"永和第""中和居""笃敬处""尊德行""德茂典""祥云路""三阳开泰""葵花向日"等匾额。乡民们将传统文化镂刻在建筑装饰上,也充分反映了族人的价值取向。总说中国人爱讲面子,可不就是这个"面子",才得以让文明古国香火延续,不绝如缕嘛!老辈人最忧心的便是失了脸面,犯了过失的人家,一生都会抬不起头。所谓修齐治平,想来不过是一辈子的名声罢了。

有记载,历史上的良户村历来尊儒重教,耕读传家的风尚世代延续。明清两朝,一个小小的村庄出过六名进士,十多名举人。清朝重臣田逢吉家族更有祖孙、兄弟相继科甲的辉煌历史。良户最有名的堡寨建筑盘龙寨,比较完好地保存着规模宏大的明清建筑群。

城内空间布局和建筑风格融宫廷规制和地方特色为一体。盘龙寨上,田逢吉家的侍郎府的豪华庄严自然与民居有所区别,高门大户,斗拱十余层;一进四院,门楼、影壁、厅房、后院、后花园构成了中国北方大家族完整的建筑格局。仔细观看,可勘察其中等级的森严,防卫层次的缜密。供儿女家人学习娱乐的园林、戏台、学馆齐备。侍郎府的边上有田家老宅,六宅院、七宅院。特别让人不解的是,毗邻而居的,还有个秦家东西院。显赫的侍郎府,与秦姓别家这样近的距离,也应是当时官民和谐相处的典范吧。难道不是吗?在尊卑有序里讲邻里和睦相处,本是儒家文化之要义。而到了我们的教科书里,像田侍郎这样的封建大官僚,终不过是欺男霸女、鱼肉乡里的恶霸。

红土坡上,是田逢吉祖父田可耕的坟地,现保存有康熙年间的诰封碑。田逢吉的父亲田驭远为明末清初的著名乡绅,生前曾中过举人,高平县志中有翔实记载。他主持修建文峰塔和盘龙寨,以及附近的万寿宫等大型工程,从康熙二年到十三年,先后修建了圣姑正殿和左右各祠,以及三清殿和药王殿等,惠及乡里。他多次为村庄架桥修路,赈灾济贫,带领民众防御流寇袭击,因此吸引了更多的民众投靠良户,壮大村庄。

田氏家族世代为耕读商贾人家,在附近三十里开外的杜寨乡,也发现有明末田驭远广买田地和房产的契约。几千年来,中国人的梦想,不过是广积田宅,而且那时的地主,都是这样一点一滴积攒起来的。作家赛珍珠获诺贝尔文学奖的长篇小说《大地》,对此曾有颇为翔实的描述。所谓"强取豪夺"四个字,也确实经不起推敲。

记录中阔大的田氏陵园、石牌坊,宽阔的甬道,以及甬道两旁依次排列的石虎、石马、石羊、石人、石狮、石望柱等,还有残缺的遗存,坟茔却空留遗迹。有年长的良户人,比画着给我们介绍说,田家坟院的牌楼高多少米,宽多少米;四柱三门,全部使用硬山顶石所刻。雕刻何等精细,装饰如何华丽。

真可惜呀!人民公社那会儿,修筑大寨田和水渠缺少石料,就拆了人家的坟地。碑石拆去倒也罢了,又有人把坟墓也扒了。哎呀,三层棺椁!野地里到处扔着棺木里扒出来的尸骨。乡人们避讳棺材里的瓶瓶罐罐,觉得阴气重,瓷器陶器被打碎一地,棺材板和金属器皿多被拿去炼了钢铁。

那田家后人没人管吗？我们问。谁敢，管了就是反革命！侍郎府照壁上的那条砸毁的石雕蟾看了吧？那照壁全国没有第二个！那叫一个气势大呀！为了表示与封建反动家族划清界限，田家的后人亲手拿铁锤砸毁的。

形势比人强。貌似数典忘祖的田氏后人，为着曾经显赫的家族，不知吃了多少苦头。他们积德行善的祖先，肯定会被涂抹得漆黑一团，遗臭万年。田氏后来的家史，面对着抛尸扬灰的祖茔，该如何书写呢？其实，田家的家族史，又何尝不是中国农耕文明由繁盛到衰败的历史！

在古墓遗址前伫立，感慨万端。这也是我在父亲的祖茔前曾经有过的感受。父亲的祖茔，已经被圈在了村庄中心。父亲去世前，曾经反复叮嘱我们，死后要把他葬在那里。后来，我们照此办理，但心里明白，终究那里朝不保夕。果然，前几天我哥打电话说，故乡的村子要全部搬迁，新修的一条高速公路要经过那里。

我心里好像有一块石头落了地。

# 延边人民的菜单

    我素来有收藏菜单的癖好,仿佛吃进肚子里的食物并不可靠,一定要写在纸上,时时掏出来审视,方能确定。至今日,攒有菜单总也有几十上百张,其中有两次赴美考察时,两任驻纽约总领事彭克玉和章启月宴请时亲笔签名的菜单,简洁的中英文板书,亚黄色,纸质精良,气宇不凡;亦藏有童稚手写体的朋友开的小食店的菜单,粉红柳绿的纸张,单薄得像是上世纪三十年代革命青年散发的传单。不过,纵然单薄,也总是力透纸背,味道十足,毕竟这世道是富裕起来了,况"民以食为天"是几千年中国传统文化之要义。昨日的传单虽然凶险,说到底总也越不过吃穿二字;今日的菜单虽然一派祥和美满,也未必没有对灾年的担忧。比如在菜单上看到"大丰收"这道菜,往往会勾起对过去饥馑年代的恐惧。

    第一次到延边,第一餐宾馆的菜单,就攫住了我的胃觉。十六开的暗纹明黄纸，右上角有一条龙，上首有饭店的印章，中间是长白山图案的小品，设计精美，犹如一幅古代高丽人的小卷。菜单分冷菜、汤、水果、热菜四个部分。且听我读出几款菜式：野菜明太鱼羹、芙蓉朝鲜蟹、生吃鲜松茸、清蒸柳根鱼、时蔬饼煎沙参、人参焖牛排、烧肉老豆腐、农家炖榛蘑粉、窝头虾酱蒿秆……宾馆的菜一般是徒有其表，只能看得却是吃不得的，而延吉的宾馆里却藏着如此原始朴素的民族味道，让人对这个喜爱美食的族群顿生敬意。

我总觉得，朝鲜族女人在制作食物时，肯定对食物充满着敬爱，甚或说，那些美食是她们身心的结晶。一颗普通的、北方遍地生长的大白菜，经过她们几个回合的调制，便能做成誉满全球的辣白菜。可以冷吃、热炒，可以做成美味的汤；用保鲜袋封了，常温下可保存半个月。白菜可以做成产业，这在延边稀松平常，算不得是传奇。

可以将延边这座只有六十五万人口的明珠城市称为"吃城"吗？六十五万人口的边城，竟有几百家大小餐馆。子夜过后，街道仍是灯火通明。延边的烧烤好像可以穷尽所有肉和植物，味道好得足以让善烤的新疆人俯首称臣。碧蓝的星空下，旅人散漫地游荡着，妈妈汤馆溢出的鲜参炖仔鸡的味道，氤氲着浓浓的思乡之情，让人不禁感慨万端。这个民族的心思都用来制作食物了，而吃饱喝足的延边人民个个精神饱满，喜气洋洋。如此热爱食物的延边，我想人与人之间应该是相亲相爱，没有族群矛盾的吧。

在一家正宗的朝鲜族料理店里，我们欣赏到了来自朝鲜的几位少女的跨国歌舞表演。她们来自一个食不果腹的国度，在那里，只要不长成平平的圆扁脸，就算是美女。有一个瘦瘦的女孩眼睛始终盯着餐桌上方的墙壁，目无他物，我觉得她一定是在躲避这满桌丰盛的食物——我知道，这食物会伤害她。记得在什么地方看过一篇文章，一个甘肃干旱地区的妇女，被选上了县人大代表。她带着七岁多的女儿住进了县委招待所，晚上工作人员把浴缸的水放满让她们洗澡。母女俩对着浴缸跪下，放声痛哭。她们一生也没有见过这么多的水，母亲说，这足够一个村子人喝的水，让我们洗澡，是会遭雷劈的！

朝鲜这样的歌舞队，很像上世纪六七十年代我们中学的宣传队。据说，这些人都是朝鲜贵族的孩子，或者是各行各业先进模范人物家的女儿。她们要填写各种政审表格，以及保证书，还要由其他家庭成员作为担保人，方可来中国表演节目。一个月，只有几百元人民币的收入。我们品尝着美味，观看着她们的表演。其实认真想想，我们与她们之间，也就是三十多年的距离，竟然是霄壤之别。如此想来，却又有很多后怕。

在珲春的观景楼上，可以看到中、俄、朝三国风貌。植物是分不出差别的，朝鲜的小瓦房似乎没有我们想象的差。中午吃珲春的农家餐，二十几道菜式，味美无比。图们江的鱼，海澜江畔的稻米,奇香。隔壁两家近邻,不管嘴有多硬,估计很少有人能享用如此丰盛的美食。可见,让人民吃饱喝足是多么大的政治。

用一个下午的时间去参观一家植物园,的确有点令人失望。植物园种植一些南方极普通的花草,甚至许多塑胶的假花散落在空阔的棚子里。十多个朝鲜族大妈起劲地表演着歌舞,动作与北方的广场舞相差无几,只是她们穿上了朝鲜族艳丽的服装。估计村子里的年轻妇女不多了,跳舞的大妈平均年龄七十岁,有两个舞姿和神情还相当生疏。她们表演完舞蹈,即去表演做打糕,不洗手,在演出服上擦擦,直接用手沾了水和蒸熟的糯米就开始做了。另有人用木槌敲打砧板上的糯米,待黏稠成一堆,用剪刀裁成小团,粘上花生粉和糖,就算做好了。这些不会讲汉话的大妈,端着她们的食品到客人面前,诚恳地邀请我们品尝。

植物园的饭菜意想不到地好吃,色香味俱佳。说是意外,其实也在意料之中,在延边,几乎每家餐馆都有几样拿手菜。尤其是鸡,各有不一样的做法,那碗油汪汪的小母鸡是和糯米蒸在一起的。

小雨来得正是时候。在这三国交界之处,在这曾经被炮火和鲜血覆盖的土地上,饱食的人能悠闲地隔窗听雨,竟是一份硕大的满足。所谓国泰民安,不过就是这番景象啊!

走的时候,大家在一面巨大的纪念牌上签下自己的名字。那时候我才弄清楚,金达莱花原来就是我们的映山红,学名叫杜鹃。

想想也真是奇怪,《闪闪的红星》和《卖花姑娘》差不多同时进入我们的少年记忆,这种叫作映山红的金达莱,竟然要在几十年之后在中朝边境撞脸,真令人唏嘘不已。我想,这个植物园,应该遍植金达莱,让游客以他们自己的方式进入历史。

为了早日看到长白山,我放弃了去敦化看湿地。其实去长白山,主要是因为对天池的神往。天池是长白山顶中间的一潭圣水,王母娘娘和七仙女的瑶池。由于常年的云雨天气,很少能有人透过乌云看见湖水的模样。据说,看到圣水的人,能行一生的好运气,这更加让人有了碰碰运气的野心。一道道通往圣山的关口,一次次地排队换车,累得人们面无表情,终知修仙之难。终于,坐上了通往山顶的面包车。司机艺高人胆大,在陡峭的山道上把十几座的小车开得飞快。客人吓得尖叫起来。他似乎很享受这种刺激,很来劲地与大家开着玩笑。看来温文谦和的朝鲜族人,也有其张扬的一面。

从飞驰的车窗看山脚下,是几十万公顷阔大的原始森林,在阳光和云雾的缭绕中,色彩绚烂,有难以形容之美。这是我见过的最美丽的风景。

我如愿看见了圣山上的圣水。爬坡的过程中还飘着小雨,乌云蔽日。到了山顶,人声突然沸腾起来,云开日照。在山顶上俯视那一池湖水,瓦蓝碧绿,不曾沾染任何世间尘埃,与梦想的情景撞个正着,此水当为天池!

在长白山的山顶,我吃到了海拔两千七百米的高原上高压锅蒸熟的鸡蛋。仿佛我是第一次认识这个食物,那种美味也好像只有上帝的食谱才配有。

在延边品尝到的美味实在是太过丰富,原汁原味的朝鲜族食物,在北京最豪华的韩国料理店里也难以遇见。比如那些新鲜的松茸,切成薄片,直接蘸了大酱生吃,大约是人间最清新的味道。松茸这种植物,目前尚无法人工培植。所以在北京的朝鲜菜馆里找延边的那种感觉,等于自找没趣,那种失落感是很难被理解的。我想起了陆文夫《美食家》结尾处的那个孩子,吃惯了巧克力的嘴,再吃普通糖果,那哪里受得了! 如此想来,延边一游,还真说不清是福是祸。

# 闲话盛泽

到盛泽采风差点闹出笑话。人家司机问我，过去到过盛泽吗？我说没有。又问，听说过盛泽吗？我说没有。他转头吃惊地瞪我，怎么可以不知道盛泽呢？

不知道盛泽，莫非一桩罪过？盛泽无非是一个乡镇，而全国这样的乡镇有四万多个，谁能都知道呢？不过，直到看到盛泽才明白，不知道盛泽，至少会是一个遗憾。

盛泽不仅仅是个乡镇，她是座都城，令全天下女人怦然心动的都城——丝绸之都。

在盛泽，五星级酒店林立，较之北方有些城市的星级酒店，其场面之阔绰，细节之考究，不可同日而语，恍若来到大上海十里洋场。后来与当地人聊起来，不禁哑然失笑，原来这里自古就有"小上海"之称。其实，内地有"小上海""小香港"之称的地方也不少，但名副其实者凤毛麟角。盛泽则不然，一片片高端社区被阔达的草坪环绕,树木葱茏,还有街道间游走的豪华车辆,都让人迷惑恍惚,谁能相信,这样的盛泽,只是江苏吴江县的一个镇?

至唐代起,这里的丝绸生产已成规模。据明代正德年间的《姑苏志》记载:"绫,诸县皆有之,而吴江为盛。唐时充贡,谓之吴绫。"吴绫,一个柔软得让人心痛的词语,与之比肩的是吴语——吴侬软语,都是柔滑的,轻盈的,可亲近的。

元代,意大利旅行家马可·波罗游历到此,目睹了盛泽生产的丝绸和锦缎,并在《马可·波罗游记》中作了记述。至明末清初,盛泽形成了"水乡成一市,罗绮走中原"的盛况。清代中晚期,盛泽已经有金陵、任城、山西、绍兴、宁绍、华阳、徽宁、济东八大会馆。看着这个介绍,我不禁心跳加速,仿佛历史正穿越百年沧桑,朝我扑面而来——华阳会馆,不正是我现在居住的城市? 华阳,古华国的国都,位于郑州南郊的新郑郭店镇华阳寨村,它是中古华胥国所在地,也是战国时期韩国的北部门户和军事重镇,著名的华阳之战就发生在那里。

我为自己是河南人而骄傲,不仅因为历史,更因为现实。有朋友跟我说,现在的盛泽,几乎有三分之一是河南人。所以河南话也是本地的官方语言之一。

世事沧桑,大多昔日的繁华之地,已几乎看不到旧时的踪迹,留下的只是回想和惋惜。而盛泽自明代中叶至今的五百多年,虽历经盛衰,丝绸业始终不绝如缕,给点阳光就灿烂,以至于以一个乡镇的体量,与苏州、杭州、湖州并称为中国四大绸都。有谁会相信,盛泽每年生产的丝绸如果由全世界人民平分,每人可分得一米之多?

盛泽镇很大,固定人口二十多万,流动人口达四五十万,一个中等偏大的城市规模。但若是你把盛泽想象成过去那般遍地罗绮,万商云集,市声鼎沸,也是错了。互联网已经渗透到每一个行业和领域,实体门店正处于困难的调整时期。作为全国最大的交易市场,中国东方丝绸市场正在转型升级的过程中。而当地政府在互联网+方面所做的努力和成效,也是有目共睹的。自2014年起,盛泽建成了一个现代化的采购中心——东方国际纺织城,并赋予它一些新的元素,一个智慧型的、以互联网为基础的商贸平台,并于次年建成了一个网上虚拟商城,鼠标轻轻一点,就可以把盛泽辖区之内的两千五百多家实体纺织企业推送到全世界面前。我们看不到工厂,看不到纱锭和布匹,看不到熙攘的卖家和买家,但是,一个更加繁盛、更加野心勃勃,包括三分之一出口的绸缎贸易市场,正在不动声色地占领着世界。

然而,对于更加感性和物质化的女人而言,盛泽的丝绸一条街依然是理想的购物和旅游目的地。你可以想象吗?这条街上一家小丝绸店面一年的销售额可达数百万,大的可达几千万元。身处千万种颜色之中,你还敢相信自己的眼力吗?一位行家说,二选一容易,十选一也不费事,一百选一呢?世间的绮丽繁华,乱花渐欲迷人眼。抑或,不管繁花似锦还是锦似繁花,在纷繁的色彩面前,人最容易成为欲望的俘虏。但最终究竟要的是什么,当全靠自己内心的造化定力了。

当然,成为吴绫的俘虏,也是一件阔绰的雅事。

说实话,在来盛泽之前,我还真不知道宋锦就产于这里。宋锦起源于宋代,与南京云锦、四川蜀锦并称三大名锦。寸锦寸金,千年之华美,几乎达到极致。在吴江鼎盛丝绸有限公司,有一个叫"上久楷"的高端品牌,真正让人惊艳到震撼。从它的床上用品、男女新中装到箱包,几乎无法准确描摹它的华美。图案与花纹回旋眷念,对称严谨,顾盼生姿;华丽明艳与古朴高雅兼存。每种款式的设计中,你既能找到各种国际大品牌的身影,又能感受到古老东方的灵魂,传统中国之辉煌和瑰丽尽在其中。一方意大利款的方巾,盛泽的丝绸,意大利的设计与染色图案,绝对不逊于任何一款世界名牌。而中国传统化的披肩和男士围巾,会让每一种肤色的民众爱不释手。精致的特质凸显出高雅的格调,"贵而不显,华而不炫"。千年宋锦,彰显的不仅是东方文化气韵,更是一种兼容并蓄的哲学语境。

在盛泽,看到这样一句广告词:丝绸必将走向奢华。不禁愕然,丝绸什么时候不是奢华的呢?看到鼎盛丝绸有限公司举办的清末民国旗袍展,八十八件尘封已久的旗袍,或雍容,或华贵,或绵密,或淡雅,隔着百年时空,依然魅力四射,动人心魄。不知是今人现实的娇俏穿越到古时，还是古人骨子里的高贵盘桓至今。旗袍、锦缎，这些让女人不可抗拒的魅惑，无论是在新日子或旧时光里，只能代表高贵典雅、郑重其事的奢华。其实，大国之崛起，不仅仅是指经济体量的增大，更是文化的翻身。鼎盛公司启动的高级私人订制，汲取古今中外之精华，八面来风之自信，卓尔不群之气质，我认为也是中国崛起的一部分。

翻看盛泽的老照片，厚厚的一大本，文化、风光、人物、风俗，包罗万象。我关心的，仍旧是旧照里的衣装。晚清至民国年间，富裕阶层的男人一般为长袍，外套锦缎小马褂，有丑有俊，有瘦削的商人，也有腆着肚子的乡绅。凭衣着和相貌思忖这些人物的身份和家世，细看很有意思。"人凭衣裳，马凭鞍装"，这句老套的古话，蕴含着多么丰富的生活智慧啊！

照片上，女人多为宽宽窄窄的各式袍子，依着材质大抵可判断尊卑贵贱的程度。清代的贵妇人一般着宽大的袍子，材质厚实绮丽，虽目光迟滞呆板，但尊贵凛然的气质依然破纸而出。民国的名媛穿起旗袍，是十分的庄重典雅；项链手环，十指尖尖，环佩叮珰里，是一份波澜不兴的笃定。若是看一大家子的合照，就更能读出许多故事。老爷和少爷的架势拿捏得准，进退有度；大奶奶、姨太太和小姐各就其位，秩序井然。不得不承认旧时代大家族里的阶级调和是一门艺术，让人在相差无几的表象之下，一下子就能看懂他们的身世和角色——到了一九四九年后的中华人民共和国,有身份的女子一夜之间都换成了列宁装,英姿飒爽,神情活泼,倒也可敬可爱,只是觉得轻飘飘的,压不住阵脚。而较之这些新潮女子,换了棉布衣裤的男人更显得失了分寸,手足无措。

从上世纪五十年代初至七十年代末,国人着装多为蓝灰黑的棉布衣衫。小孩子们的衣服也鲜见花色,厚墩墩的棉衣,遮蔽了身体的灵动。身体笨拙,面目模糊,这就是那个时期中国人的时代特征。最具代表性的,是中国政府副总理陈永贵头勒羊肚毛巾、身穿对襟小袄接见外宾的镜头。这个时期,丝绸业的发展可想而知。无人会穿丝戴绸,那代表着肮脏的、腐朽的资产阶级生活方式。我记得上小学的时候,在学校的操场里曾经挖掘了一座古墓。墓主只剩下一把朽骨,但里面的丝绸竟然还好好的。那时候真的觉得,丝绸就该被死亡、腐朽和罪恶所拥有。

上世纪八十年代,盛泽的丝绸业再次兴起,照片中的女孩子们穿上了丝绸裙衣,明眸皓齿,飘飘欲仙;男士们西装革履,煞有介事,跃跃欲试。尤其是二〇〇〇年以后,盛泽恍然已是旗袍的天下,各种照片中的女子都在秀丝绸衣裙,繁花似锦。只是,虽不过三十几年的空白,历史之手已经无情地掐断了附在丝绸上数千年的传统文化,在同样的丝绸上,再也辨认不出曾经的典雅和庄重了。

不记得是哪一年,国家开人大、政协两会,江苏浙江的女代表相约,统一着旗袍上会,一时间点燃了会议最热闹的议题,褒贬不一。对当时的大众认知，也无可厚非，中国的开放与旗袍开衩的高低是成正比的。时过经年，仔细想来，丝绸之乡，以代表之名为地方支柱产业站台，是一件多么符合身份的事情啊！

说到此，便要回头说说盛泽的盛虹、鹰翔、新民等几家大型丝织企业集团。它们均是国家级企业，更是丝织行业的大腕。它们多元化经营，构建集团航母，形成了石油、纺织、能源、地产、酒店等产业。可是这些集团，却无一例外没有自己的高端时装品牌。我不懂商业经营，也不知是否只要心无旁骛就能种瓜得瓜种豆得豆。只是凭空想象着，它们若是能生产普拉达、爱马仕、例外之类的国际国内大品牌，站在我面前的，肯定不是这么多财大气粗的老板，而是温良恭敬的谦谦君子吧！

真正沉到盛泽的内里，你会发现盛泽虽然是丝绸之都，但真正的盛泽人却远远没有那么光鲜。一间间写字楼中尽是衣着简单的小白领；车间里在高温中作业的纺织工，织的是雪白的丝，穿的却是灰扑扑的棉布工作服。丝绸锦缎之乡，却鲜见锦绣之人，让人陡生遍地罗绮者，不是缫丝人的心痛。当与当地领导说起此事，丝绸协会的负责人说，绸缎是穿给闲人的，劳作之人无形态，丝绸的妥帖反而会暴露出身形的缺陷。此话可能有一定道理，但仍不得解，只是一味觉得用丝绸做工装，会是盛泽又一道亮丽的风景吧！

其实，盛泽不仅仅是一座丝绸之都，她还有一个别称——吃镇。得此诨号，也未必容易，在民以食为天的中国，更是如此。盛泽赢得"吃镇"，盛泽人则相应成了"吃精"——这个"精"字用得太妙了，与吃货比起来，那是何等的排场。所以，若你承认自己是吃货，那就赶紧去盛泽认祖归宗。当你从苏州、扬州一路吃来，经过红口白牙严肃细致的比较、鉴别，你不得不承认，盛泽的狮子头、红烧肉、太湖白鱼、蒜烧鳝鱼、阳春面和绉纱馄饨，确实较之前者技高一筹。

有内线说，能吃到镜湖才是境界。镜湖是一座公园，在园子里可以欣赏到西湖和瘦西湖的光影。不过既然说到吃，风景就可以忽略不计了。镜湖会所的饭菜，精美到你舍不得下箸，但又根本停不下来。一煲黄母鸡汤，色泽清冽，只搁了笋丝，那种特别的鲜美，用文字表达出来简直就是一种亵渎。选用食材的精良和烹制的精细，是此汤的一大法宝。一碗下肚，哪里还顾得了体面，待到第二碗第三碗后，索性放开了去吃。呵呵，吃货遭遇了美食，命都可以舍得，况面子乎？

盛泽是水乡，每餐的席面上都少不了虾、蟹、鱼、鳝、鳗、鳖、蚌，貌似平常的烧制，却在细微之处下足了功夫。如河虾，除了炒虾仁，还将生虾仁碾成浆，和鸡蛋调均匀，以肉糜为芯，再包一层虾浆，做成球状，入猪油锅炸成金黄色起锅，复在火腿虾汁原汤中煮，煮至松软，吸收汤汁精华，其味入口难忘。换作我们北方，有这等工夫，怕早已在肚子里化作糟粕了。再看阳春面，其功夫主要在浇头制作上。盛泽人颇为自负地介绍说,盛泽的面馆对浇头有百般讲究。他们把浇头称为面浇,一般人家吃面,有蟹粉面、鳝丝面、鳝板面,用鲜蟹肉、黄鳝丝、黄鳝片鲜炒后做浇头。另有名气较大的面馆,比如著名的钟源面馆,会选用肥壮的黄母鸡汤,万阳春的冻鸡面则选用大公鸡做浇头。单单听他们说起,就已经馋涎欲滴了。

朋友送我两罐蟹油,仔细打听出处,方知是将蟹剥出蟹肉,用新鲜的肉膘熬成油,去渣后待稍冷倒入蟹肉、姜末,在文火中搅拌均匀,再撒些酒和细盐,起锅时放上葱末,直至五色纷呈方好,然后密封入罐,食用时用筷子挑入热饭,色香味俱佳……算了,他们说,盛泽的名菜可以说上几天几夜;吃镇有七十二条半弄堂,每一条弄堂里都有地道的名小吃。虽然吃精遍地,但也没听谁胆敢说过吃遍盛泽。

我在很多文章里写过茶,盛泽的茶馆也值得一写,但估计是另一篇文章的内容了。盛泽曾经是万商云集之地,茶馆密集,冠于江南其他市镇。沈云所撰《盛湖竹枝词》有云:"五楼十阁步非遥,杯茗同倾兴自饶。"盛泽的茶馆之所以能密集到五步一楼、十步一阁,绝不仅仅为了供茶客吃茶的单一功能。自古以来,茶馆的多寡,均在一定程度上折射出当地社会与经济的繁荣程度。也可以说,茶馆就是一整个社会。

关于盛泽的话题太多了。每年的小满,盛泽人都要唱戏,而且一唱就是连续九天,昆剧、京剧,都要延请名班名角。到了今天,剧种增加了越剧、沪剧、锡剧等。盛泽百年戏曲之兴盛,大约与小满戏关系密切。相传小满日是蚕神的诞辰,一般由丝织公司出资酬神。戏场主要在石板广场,此处可容纳上万人,能吸引江浙一带的戏曲爱好者前来,如潮如涌,热闹非凡。小满戏的祭蚕神庙,规模宏伟,据说其精美的建筑在江南各地也是翘楚。甚至还有人说,建造于清道光年间的这座祠堂,木雕砖雕之精美当数全国之最。

一九二八年,盛泽的丝商套用上海丽都电影院的图纸,建造了盛泽大戏院,曾经繁盛一时。可惜,这座大戏院生不逢时,像大多数传统文化场所一样,它没能熬过"文化大革命"——一九七五年,新华丝织厂圈地建造车间,一座气魄宏大的民国建筑,瞬间便烟消云散了。

# 不止湘湖

这次去湘湖是开一个有关散文的研讨会。恕我无知，湘湖对于我而言，是一个陌生的地方，更不知它其实是杭州的另一个区域，萧山城西，与著名的杭州西湖相隔不足二十公里。西湖在钱塘江北岸，湘湖在其南岸。西湖的名头太大了，遮蔽了别处的风景，若把杭州比作一个王爷，西湖是他的正宫娘娘，湘湖怎么说也该算是一个侧妃吧。

已订好下午去杭州的机票，去许昌是临时加的一个行程。中国摄影家协会要在许昌搞一个"魅力许昌"摄影展，须得去出席一下开幕式。这样的安排让我手忙脚乱，上午去许昌参加开幕式，开幕式结束就要直奔机场。赶场的奔波，心中到底是有些抵触，莫名地沮丧。

常常从许昌城外的高铁或者高速公路经过，却有好多年没去过城里。当年我老公大学毕业分配至这里，细细想来，还是有许多悲欣交集的回忆，只是有些记得，有些已遗忘。

许昌在三国时是魏都，后来演变为一个工业城市。记忆中，是一个灰头土脸、干旱缺水的城市。但这次摄影展上展出的照片，却让人大跌眼镜，许昌在摄影家的镜头中华丽绽放，令人难以置信。

开幕式其实很简单，半个小时就结束了。距飞杭州的航班只有三个小时了，许昌到新郑机场需要一个多小时，但我仍坚持要看看城市。说不出来有什么理由，可能根本就没理由。

短短的几年时间，过去连居民吃水都成问题的脏乱土城，竟然魔幻似的变成一座水城，的确令人匪夷所思。我记得原来许昌市内有一个小湖，也叫西湖。苏轼、司马光、范仲淹、朱熹、欧阳修等都在此留下了不少诗篇。后来苏轼到杭州做官，给当时的州官致书，建议改名小西湖，以区别于杭州西湖。所以《永乐大典》才有"天下西湖三十六，许州西湖在其中"之说。

陪同的朋友说，许昌的华丽转身发生在二〇一四年，南水北调中线工程通水，许昌市每年能分得两亿多立方米水，完全解决了许昌市民吃水问题。于是市里决策者决定把北汝河水和城市中水作为生态水源，连通了环城河道，把污水输入处理厂集中净化处理。同时挖出五个城市湖泊，开辟了沿河林带，一套完整的城市生态水系建立了起来。因此许昌地下水位平均回升了二点六米，河水都达到了四类水以上，绿化覆盖率达到了目前的百分之四十多……车子在城区行驶了一个小时，我恍若走在梦里，想起当年这座尘土遮天蔽日的城市，也想起我们那烟雾缭绕的往昔，忍不住唏嘘慨叹。

飞机大约是下午三点抵达萧山机场的，机场距会议承办地湘湖度假村只有四十分钟车程。车驶入湖畔，渐入佳境。黛色群山中，荡漾着一汪碧水，犹如天宫遗落人间的一面宝镜，清澈而明静。秋天的湖，以及秋天的湖水，总有一种欲说还休的成熟与默契。与西湖相比较，西湖是娘娘的端庄典雅，湘湖却是美丽的邻家妹子，亲切，温柔，淡雅之中透着天然的灵气，一派纯情，却也是另一种惊艳。接站的工作人员是一个小姑娘，她怯生生地问我，老师来过湘湖吗？答曰：没有。老师知道湘湖吗？答曰：刚刚知道呀。小姑娘就更羞怯了，脸色红润得像车窗外的晚霞。她扭过头看着窗外说，我们湘湖没有西湖名气大，是新开发的景区，二〇〇三年才启动的。萧山区从经济和社会发展的需要，启动了保护和开发湘湖的重大决策……这是开始背解说词了。我打断她，笑着安慰她，飞机起飞之前做了一下功课，萧山的湘湖可不是新的。远古时，湘湖地域曾是东海海湾的一部分，而城山、西山则是海中的小岛。当时，海进海退频繁，沿海平原常常海陆交替。约八千年前，海退成陆地时，这里又成湖泊……啊？老师知道得这么多！您知道吗，二〇〇二年，考古人员在发掘跨湖桥遗址时，在地下第九文化层里，发现迄今已经有八千年历史的独木舟，同时也发现了这个自然"湖泊"的历史。华夏祖先曾在这里生息繁衍。

我知道，八千年的独木舟横空出世，在水面划出一道历史的涟漪，将浙江的文明史足足提前了一千年。更令人称奇的是，在一九九〇年第一次抢救性发掘中发现的两座储藏窖，里面储满了橡子和大量的水稻，从水稻粒型分析结果看，跨湖桥遗址的古稻明显区别于野生稻，是人类驯化后栽培的。这项发现，打破了改良水稻从中东引进的传说。这让我兴奋莫名。十年前，我曾经为河南省漯河市编著过一本城市书，其中说到舞阳县贾湖遗址，在那里也发现了大量八千年前的炭化稻米、稻壳及石磨盘，证明贾湖是粳稻的初始起源地之一。真的无法说清楚，我们的中华文明到底有多悠久的历史；也无法想象，那时我们浙江的先祖与数千里之外河南的先祖，是不是曾经一起茹毛饮血的同胞？

我们入住的驿站，建造在湘湖岸边，面朝湘湖，秋花盛开。湖的对岸就是著名的越王城山，相传越王勾践败与吴王夫差，在吴国为奴三年，受尽屈辱，回复越地后，便是在此山卧薪尝胆十余载，最后在范蠡的辅佐下灭了吴国。这中间夹杂了范蠡与他所设美人计的美人西施的爱情故事，令人浮想联翩。中国历史的成败兴亡，总是要拉上女人做铺垫。在男权社会里，政治往往是把戏，而女人则常常弄成政治。

那日饱食了美味的河鲜湖鲜，就有人提议去湖上散步。想象着清朗的夜晚，面湖而立，天上一轮明月，水中两座古桥，交相辉映,银光闪烁,该有多么浪漫。可这晚阴云遮月,一会儿一个月牙儿从云朵里露一下脸,小孩子一样淘气。因为上面是航线,飞机已经降得极低,偌大的一架,灯火辉煌,一会儿一会儿躲进云中,一会儿一会儿又蹿出来,引擎声近了又远了。大家都仰着脸,认真地看着,或者各自附丽着自己的心事。偌大的越王城山上灯火璀璨,似有几百栋别墅。我们踏着湿漉漉的石板从跨湖桥上走过,要近前去看个究竟。约莫走了半小时,已到了山脚下,一整座山突然灭掉了,漆黑一片。有路人告诉我们,山上没有别墅,那是灯光,几座山的灯光工程。天已经很黑,仍有三两游船在湖面上徐徐来去,远了近了,连我们自己都入了诗画里去。

湘湖几乎是建造在水上的旅游开发区,住在水边,吃在水边,出门就立在水边上了。我们去捕捞船上看船老大下网,湖水过于清冽,又加上我们的喧闹,几十米的网,竟然未拉到一条小鱼虾。散文家周晓枫不甘心,与船民约好,夜里四点再随渔民船去打鱼。后来果真去了,却是因为天黑未能拍下照片,只是哀叹那些鱼儿太可怜,躺在舢板上挣扎抽搐,看着都痛。未知鱼之乐,却识鱼之痛,到底是文人的情怀。

从湘湖里捕捞的鱼虾之类的湖鲜,的确鲜得教人咋舌。渔民们打到的湖鲜就摆在路边卖。旅游景区的规定也很有意思,买鱼者一次只能买一条两条,估计是为了防止竭泽而渔吧!这让我想起《里革断罟匡君》里,鲁大夫里革说的那段话:"今鱼方别孕,不教鱼长,又行网罟,贪无艺也。"江浙一带文风昌盛,民风淳朴,估计与先民留下的这些传统有关。

湘湖旅游度假区端的就是一个大公园。已经晚秋,各种叫得出叫不出名的花儿开得枝繁叶茂。特别是桂花,香得满天满地。湖边的小镇上种了几百亩向日葵和格桑花,我们称之为花海。真想拖家带口来这里,丹桂飘香,蟹肥花黄,着三五知己在酒馆坐了,蒸上一盆湖蟹,几盘湖鲜小炒,再温一壶黄酒——所谓幸福,估计就是这般模样吧。

这么多年来,湘湖一直寂寂无名,估计与它的多次被毁有关。所以,决策者们重新开发湘湖的决策是英明的,湘湖的人民享受到了湘湖旅游景区带来的福音。其实,在两千五百年前,湘湖就是春秋时期吴越争霸的重要历史舞台。湘湖和白马湖,是越国的军港——固陵港,是我国汉代以前最大的军港。吴国的五百艘舰船,近五万水军在此常驻,越王勾践的多次水上军事活动也都从这里出发。秦、汉、唐时期,西陵湖因淤泥成为沼泽,或被垦为农田,水面逐渐减少。宋政和二年,程门立雪的主人公之一、时年六十岁的杨时赴萧山任县令,顺应民意,废田三万七千零二亩,蓄水成湖。因此湖西南宽、东北窄,形似葫芦,"邑人谓境之胜潇湘然",故名湘湖。清末至民国时期,湘湖主垦势利占上风,尤其是新中国成立后,是湘湖历史上垦殖最迅速的时期。后来竟然由国家投资有计划垦殖,至一九六六年,湘湖水域缩减为三千零四十

185

亩,还不足原来湖面的十分之一。以此不堪之面目,天下谁人能知湘湖?

二〇〇三年,杭州萧山区的决策者们启动了湘湖保护与开发工程,恢复湖面一点二平方公里,完成了一湖、二带、五大景区的建设。

就在去湘湖的途中,我在"喜马拉雅"电台听到一位青年作家写的一篇小文,说他与官员的那点糗事,不禁莞尔。他遇到的那些事我或许遭遇过,也有同样的尴尬:听陪同的地方领导讲一个晚上于丹,或者吹嘘同某某演员吃过几次饭,却不知道王安忆韩少功是何许人也……总之,官员都是肠肥脑满,尸位素餐。其实他的看法也未必全面,我历来不喜欢为领导歌功颂德,但官员也不都是沐猴而冠,拿他们当普通人看就是。他们中间,性情格调也不尽相同。我有一些官场的朋友,他们有苟且,有抱怨,也有能力,有抱负。我去基层参加活动,有些官员主动要求陪我,我亦欢喜。和他们聊,能聊出许多小说话题。官员的水平参差不齐,与其他行当的人一样,良莠皆有,能不能干事是我的评判标准。比如眼前,湘湖有一条堤岸叫杨堤,就是以杨时的姓氏命名的。西湖的苏堤,也是苏东坡任杭州知州时构筑。老百姓能记住一个人的好,所谓政声人去后,此之谓也。

杨时属于程门四大弟子之一,他到杭州来做官的时候,已经名满天下了,可谓吃穿不愁。他赴萧山任县令时,当时萧山县城

186

周围农田易旱易涝，连年受灾，乡民曾多次要求将低田蓄水为湖，以灌农田，但都未实现。杨时到任后，认真听取乡民的意见，率百姓筑湖，取名"湘湖"。就是在他的手下，湘湖成湖面积最大，达到三万七千多亩，周围八十余里，可以灌溉农田十四万六千八百余亩，即使大旱之年仍然有过半农田可以得到灌溉，而且"湖中多产鱼鲜，又有莼菜，可炊以疗饥"，"至今民赖其利。祀宦祠"。

　　我之所以这么不厌其烦地介绍杨时，并不仅仅是为了感慨他的这番千秋功业。从到湘湖来之前的许昌，到眼前的湘湖，以及历史上的杨时和苏东坡，我感受到了某种共同共通的东西，这些东西一直在感动着我。在历史宽大得无边无际的褶皱里，我们仅仅是一尘之末。但只要在力所能及的范围内，给后人留下点什么，不管是官员还是我们这些凡人，我觉得几乎也可以算作饱满的人生了。

# 回归泥土

龙应台说：大资本、高科技、研究与发展，最终的目的不是飘向无限，而是回到根本——回到自己的语言、文化，自己的历史、信仰，自己的泥土。

是的，我们就是要回归自己的泥土。但是，我们也一定要弄明白，这"泥土"不是那"泥土"。任何文明都离不开土地，但任何文明也不是从土地里刨出来的。没有人会相信，一个从来没有被现代化污染过的云南原始村落，会比"北上广"的高楼大厦更吸引人；也没有人相信，一个在水稻田里插秧的农人，会比中关村的一个程序员更幸福。我们时时刻刻都想逃离城市，抚摸乡愁，从根本上来讲，那不是对现代化的厌倦，而是对人的厌倦。我们的城市虽然装满了人，但它只是一个空壳。它没有思想，没有温暖，没有诗歌，没有激情，没有疯狂，也没有真正的创造。

说到底，是它没有文化。

但是，这些问题的存在，绝对不能成为我们冷落经济发展的根源，到任何时候，"发展就是硬道理"都没有错。如果没有经济的发展和技术的进步，别说解决不合理的问题，就是合理的问题也解决不了，没有钱寸步难行！况且，任何伟大的思想都不是在贫穷里熬出来的，而是在富裕里酿造出来的。正是我们越来越警惕和厌倦的"现代化"，使中国的人均寿命从上世纪七十年代的六十二岁增加到现在的七十四岁，也正是我们诅咒的工业革命，使中国在两年前，城市人口首次超过农村人口。现在，即使在农村，死在医院里的病人也远远多于死在土炕上的病人。我的结论是，不管任何理由，都不能成为阻碍经济发展的借口。人类要学会与现代化结伴而行，要拥抱它，引导它，丰富它，而绝不是抵制和排斥它。

我记得二〇〇〇年寒假，我和几个朋友带着家人到天津旅游。在出租车上，司机问我们到天津干吗来了。我说，旅游。他非常不屑地说，旅游？到这个鬼地方旅什么游？后来我们又去吃狗不理包子，司机说，那破玩意儿有什么好吃的，还赶不上自己家包的！这是什么原因造成的？答案只有一个，落后。经济发展太过滞后，人民群众看不到希望，所以整个社会都没有活力。

现在再看天津，简直是翻天覆地的变化。经济发展不仅带来了环境的改善，也带来了人的精神面貌的改善，以及文化的改善。最让我惊讶的莫过于滨海新区，简直是一个万国博览会，既汇集了世界顶尖的科技，也汇集了世界先进的文化。其实，从本质上来说，开放不仅仅是吸纳，同时也是一种辐射和交汇。我相信，在西方发达的技术和文化纷纷涌进天津的时候，天津的文化也会被带往世界各地。技术虽然是冷冰冰的，但操纵技术的人却会在吃饭穿衣、举手投足的日常里，把文明一点一点地传播给对方。

像天津这样的地方，只要注入经济的活力，文化自然可以蓬勃地发展，而"百年中国看天津"的抽象概念，完全可以从泥人、年画、租界和炮台的罅隙之中一点一滴地拓印出来，既为近现代中国的委屈做证，也为一个未来的新中国壮胆。这样一来，天津的厚实和历史载重，中国任何一个城市都无有能出其右者。

其实，如果在天津待久了，你就能抚摸到丰富得汪洋恣肆的天津文化，它们没死，它们也不会死，过去只是它们没有汇入资本的血管里。其实它如沙中之金，只要有机会都能够激流澎湃。那么，如何披沙拣金，把酿造了六百多年的津味文化发扬光大，让天津卫的庶民百姓朴素的情感之下埋伏着的向上的冲动和向外的焦虑找到出口，让他们在这个有着丰美的草地、清澈的河水和碧透的蓝天的城市里恋爱、歌唱或者浩浩荡荡地做一场白日梦，这是当政者在经济社会发展的议事日程里，永远都不应该被忘却的一笔。

由此荡开去，全中国都应该这样向前走，以经济发展为先导，以环境保护和文化建设为轴心。中国不仅仅要成为世界工厂，还应该成为文化工厂，成为梦工厂。

# 到城市去

二○一七年年末,我前往山西参加中国作协组织的一个作家采风团。这次去的是一个古村落,据说已经有一千多年历史了。在看完回来的颠簸的旅行车上,一个年轻的编辑——她是"九○后"跟我说,每当我看到你们讴歌乡村文明,煞有介事地宣泄自己的乡愁的时候,我就特别郁闷:你们干吗不回农村,干吗天天窝在城市里跟我们争夺资源和空间呢?

我大为惊异,她的话语几乎让我刚刚在古村落酝酿起来的温情瞬间变冷了。后来我仔细想想,她的这种观点,我的一个远房亲戚的女儿也曾经强烈地表达过。那段时间我身体一直不太好,她在我们家帮忙。一年后,她执意与老家定了亲的男友分了手,一定要我在城里帮她寻觅一个男朋友。后来她真的找了个打工青年,两个人共同打拼,在城里买了个二手房。她说,就是在城市里要饭,也不能再回农村了,不能再让自己的孩子过那样的生活。

191

"那样的生活"是一种怎样的生活呢？我觉得，如果没有既在农村又在城里生活过的切身体验，是很难说清楚的。在许多人眼里，城市简直成了万恶之源。因为有了城市，才有了传染病、贫穷、犯罪和人心不古、世风日下的罪愆。也因为有了城市，造成了乡村文明的衰落和故乡的凋零。这种看似简单直接的结论，影响了很多人，也成为很多作家最容易复发的心病。像哲学家一样，作家们对"乡愁"异常敏感，尤其是中国作家。毕竟我们享受工业文明的时间比较短，我们在这么短的时间里，很难充分建立起对城市的信任。然而，当我们哀叹"钢筋水泥的丛林"时，我们几乎没有想过这样一个问题：我们有可能从庞大得包罗万象的城市肌体上，摘下我们孱弱的身体吗？

其实，像大多数作家一样，我的写作也充满了城乡之间的挣扎。除了获奖的《明慧的圣诞》，前两年我还为《光明日报》副刊写了一个短篇小说，叫《北去的河》。小说的主旨就是反映城市和乡村尖锐的对立：春生和秋生是一对情同手足的堂兄弟，堂兄春生在老家当农民，堂弟秋生在北京某部委当司长。秋生为了帮助哥哥，就把春生的女儿雪雁弄到北京来，想着"跟他们三五年，给她在北京安排个工作，再找个婆家"，等堂兄堂嫂"他们老了也去北京"。这样的安排可谓既顺理成章又情深意长。"刚到北京的时候，雪雁是真欢喜。每次打电话回去，都要跟她娘叨叨半天，在电话里领着她娘把个北京城踢腾个遍。"谁知好景不长，雪雁"过

192

不了多久,就开始闹情绪了,先是给娘诉苦,天太干,浑身像蛇蜕皮似的,一层一层往下掉皮。后来又说嗓子堵得难受,整天脖子像被人掐着喘不过气来。再后来,就直说了,想家,死活不在北京待了"。春生原以为秋生把他喊到北京来,是让他做做女儿的工作,不让她回去。谁知秋生的意思一是来让他看看女儿的生活环境,二是为了告诉他,"别说孩子,我都常常想啥都不干了,回咱们家种地去。在家里头过日子,快是个快,慢是个慢,心总有个落地的时候。哪像这里,天天急得跟赶黄昏集一样!"

于是,春生回到了故乡,突然发现家乡是如此美好,感悟到"家并不是光指房子、床铺和锅灶,它是土地,是树木,是水,是气味儿"。

这篇作品发表之后,得到了很多作家、编辑和读者的热烈反馈。还有人说这是我写得最好的一篇小说,因为它"说出了我们心里最想说出的话"。

可是,这样的故事真是我想说的吗?那是我对乡村的真情实感吗?小时候,每到寒暑假,我们就会被姥姥领到乡下去,姥姥说接接地气身体健康。城市生城市长的我们,看到辽阔的原野、清澈的河流和无边无际的丛林,心里总是觉得莫名其妙的感动和忧伤,就觉得这是老家,老家就应该是这个样子。但是,后来慢慢长大了,就有了隔阂和嫌弃,有了分别心。那种漫天蔽野的腐败气息,不知道是来自淋湿的柴火垛还是年久失修的屋顶,总是挥之不去。街道上随处可见的猪羊粪,让人避之唯恐不及。再到姥姥家,那种亲切感怎么都找不到了。凳子不敢坐,怕脏了自己的衣服;实在忍无可忍了,才会皱着眉头去一趟厕所;捏着鼻子吃一顿饭,也是为了安慰姥姥,饭后就逃也似的回城了。

有时候,我们还会被父亲逼迫着回他的老家,那是我们更为陌生的地方。每当他告诉我们"这里就是你们的故乡"的时候,我心里就非常别扭。我们既非生于斯,也非长于斯,凭什么它要成为我们的故乡呢?父亲去世后,每年的清明节,我倒是都要回到这个"故乡"。每当我看到它破败的村落、堆积如山的垃圾和越来越稀少的村民,我就清楚地知道,乡村的衰落,已经成为不可阻挡的历史巨流。

况且,我对城市的依恋,一点不比别人少,甚至可能更多。思乡恋旧这样的情怀,也只能反映在小说里吧。而且即使在小说里,除了一种未加深思的无病呻吟,也没有更多的东西要说。我看过贾平凹先生的一篇文章,他说,做饭的时候,到厨房里把水龙头一拧水就流出来了,一按煤气灶上的开关火就燃烧了,感觉如今水这么方便火这么方便,就十分快乐。

何止如此!城市除了给我们提供生活和交流的便利,也帮助我们迅速成长。那些我们素昧平生的人,在夜深人静的时候还在给我们运输蔬菜和鱼肉,睁开眼睛就给我们播报新闻,把最新鲜的牛奶放在我们门口的奶箱里。我们乘坐着各种车辆,穿过一个又一个街区,在意料的时间内到达我们想去的地方。所有忙碌的背后,是信息和财富的涌流,是一年比一年进步的繁荣。借助别人的经验,我们的眼界打开了,我们的人生边界不断拓展。城市就像一个温暖的家园,把我们每个人都收留在她宽大的怀抱里。

有时候,我觉得"等等灵魂"是一个莫名其妙的、软弱者的借口,它还带着农耕文明的胎记——那是一个以慢为美、日出而作日落而息的时代。人类的灵魂未必一直追逐在身体的后面,它有可能比身体走得更远。那些早期城市的规划、建造者,他们以过人的胆识、超前的眼光和坚定不移的信念,把人类带入新的文明。正是因为有了城市,我们才有可能集聚起人口、财富、文化和天才,才有可能设计、规划和创造我们的未来。正如英国诗人威廉·华兹华斯在那首著名的歌颂城市的《写于威斯敏斯特桥上》的诗中所言:

> 世界没法展露更美的容颜:
> 谁若是看不见这壮丽美景,
> 那他的灵魂定是呆滞愚钝;
> 城市此刻披着美丽的晨衫,
> 披晨衫的城市质朴而恬然;
> …………

是的,没有城市,世界确实没法展露更美的容颜。

辑三 宛如清扬

# 小友记

鲁院"深造班"结业一年有余了,那些性格迥异却个个才华横溢的同学,我仍会不时想起。毫无疑问,他们已经是今天中国文坛的中坚力量,我之所以用"小友"来称呼他们,不是倚老卖老,更不是觉得他们的文学表现依然"偏小",是我由衷地觉得,他们在文学无限广阔的空间里可以恣意地生长,于是,"小"才成为一种生长着的态势,成为可能性与希望的所在。我相信,"小友"们天各一方,终将撑起属于自己的那一方文学天空。

在学校期间,我就曾经写过他们,弋舟、王十月、东君、李浩……我称他们为"孩子们",其用心,也是这"小友"之意。现在,我依然想以这样的心意,接着说说另外的几个"孩子"。

斯继东,这个被弋舟视为"义士"、被东君唤为"长人"的孩子,生在绍兴,平日里沉默寡言。但三杯两盏淡酒就能使他脱颖而出,宛若宝剑出鞘,灵光乍现。犹记得,冬夜里我们散了酒局,一行人蹒跚着回校,斯继东突然兴奋地抱起我,就地转圈。令他兴奋的,不仅仅是酒精,亦是我们正在谈论着的话题。那话题,当然是有关文学的,如今想来,也不知是哪句话令这孩子激动了起来——其实具体的话语是可以忽略不计的,我只要记得,那种同道们谈论文学时的气氛,那雪夜里突然进发的激情,就已经足感欣慰。似乎是,当时我夸赞了谁的小说,斯继东于是开始叨咕,一句接一句地跟我说:丽姐,你要看我的小说,你要看我的小说。我突然觉得很心痛,也很伤感,更深深地理解他这突然的激动。那是一个有尊严的沉默者开始向世界呼吁时的声音。他不是想要去炫耀什么,只是想证明给自己认可的朋友看——我的才华,配得上宝贵的情义。那一刻,我真的心生惭愧,为了没有关注过这个孩子的作品。那当然不是他的问题,是我的问题。想一想,我们不就是这样,在有限的视野里,错过了多少可贵的风景? 那时,我的确没读过多少斯继东的小说,但就在他将我举起来的一瞬间,我已经信任了他的文学品质,我相信,那一瞬间我离地而起,将我托举起来的力量,是那么真实可靠而又有着金子般的质地,这是一个写作者最酣畅的表达。这样说,没有什么道理,它只是一种直觉,一种我从来都相信的文学的直觉。

我的直觉没有欺骗我。当我开始认真阅读斯继东的小说时,我所感到的,正是那种被什么力量托举而起的滋味。他的作品不是很多，但整体上质量不凡。短篇《西凉》在我看来颇能代表他的写作风格——不阔大，却也不逼仄，在两极之间游刃，却也各得其所。他的小说不是那种才子型的小说，虽然没有那些所谓的潇洒，但也不因为沉着而显得笨拙。这样的作品，有种独特的气质，它几乎是含蓄的，在平铺直叙中隐含着陡峭。

弋舟视斯继东为"义士"，说的是他的精神。东君称斯继东为"长人"，说的是他的身形。他们都对，但在我理解，这"义士"与"长人"之间也是可以互换的，犹如精神与身形的统一。他高而瘦，却不单薄也不霸蛮。他写小说，显然有现代主义的诉求，但古风凛然，有着古典"义士"的风骨。他不喧哗，却也能在酒后立于楼道里纵声长啸，这就像是他的文学境遇，不是那么引人注目，可一旦发声，亦铮铮然，亦铿铿然。

斯继东好酒，我好茶，对于这位小友，我当以品茶的心情来感受。知人论世，结业后渐渐和这些小友有了更多的交流，这让我对斯继东有了更多的认识。我参加过他召集的文学活动，欣赏过他一笔卓然的书法，当然，也再次领略了他纵酒一刻宝剑出鞘般的豪情。


黄孝阳平日里同样沉默寡言，好像这是帝都之外的作家一贯的风格——平日里沉默，把一肚子的话憋着，一旦遇到相宜的契机，一腔话语才喷涌而出。想要斯继东开口，用酒来启动就好，想要黄孝阳发声，你只要跟他开个"量子文学观"的头儿就行。这"量子文学观"，是黄孝阳的文学主张，据说这一主张他已坚持多年。对此，老实说我是难以尽解其详的，每每看着黄孝阳被激发着滔滔不绝起来时，我不免都会为他捏一把汗——他所说的，大部分人听来会不会云山雾罩？当他把天文术语、物理公式、数学算法乃至经济、政治、科技进步统统拉入文学观念中时，我感到自己就是在面对浩瀚的宇宙——唯知其大，不端其详，但又有着文学欲罢不能的魅力。于是，这个时候我会让自己从一个听众变为观众。我观察黄孝阳，他说些什么已经不重要了，但他说话的态度却令人感动起来。

黄孝阳胖。他就职一家大型出版机构，工作繁忙，加之那股"较劲"的禀性，让他的胖多少看起来有些虚胖，稍微爬几级台阶就气喘吁吁。于是，当他开始阐述自己的文学主张时，我眼里这个虚胖的小友无端地便会令我心生敬意。不错，就是"较劲"。他"较劲"地说着，面色渐渐苍白，汗珠也开始冒出来，听者也得跟着"较劲"，否则便会如坠云里雾里。可是，正是这样的"较劲"，才让人心生敬意，以为那就是文学的本意。我们不就是较劲地执着于某些意义，才提起了自己的笔吗？有些人将写作称为"玩儿"，很潇洒，也很自在，可是，文学在黄孝阳这里，是较劲，是费力气，是面色苍白，是汗流浃背。他经年沉浸在一个庞大如宇宙般的个人思绪中，这样的品性，在如今这个略显轻浅的世相里，本身就是宝贵的存在。

黄孝阳是骄傲的。这些孩子谁又不是骄傲的呢？但是，这些已经为人父母的小友，如今都已经学会了难能可贵的谦逊。他们大约都已经明白，自己的那份骄傲，唯有兑现在写作当中，才是经得起检验的吧。

果不其然，随后黄孝阳拿出了自己的长篇小说《众生设计师》，以证明"量子文学观"之真实存在。这部作品是二〇一六年文坛引人注目的成绩之一，对它的评价已经不少，而我，除了叹服黄孝阳在这部长篇中做出的各种努力，更多的却是想要致敬他在小说中那份"友情世界"的目光。李敬泽老师发问"昔日马原今何在"时，为我们指认了奇崛褊狭的黄孝阳，这当然是洞见，但在这部《众生设计师》里，我看到了形式上奇崛褊狭的黄孝阳，也看到了精神上温和深情的黄孝阳。这就是我所说的小友们"成长的态势"。黄孝阳像说明他的"量子文学观"一样，为我们说明了一个优秀的作家将如何变得更加宽厚与平和。


周瑄璞有股"狠劲儿"，这既是说她的写作，也是说她唠嗑的本领。有一次她回河南我请她吃饭，整个饭局基本都是她在絮叨，不过也尽是"小说家言"。这位身量不高的小友，内里却蕴含着让人刮目相看的能量。证据就是那本"厚得像城墙砖"一样的《多湾》。这部长篇小说上学时就是班里的热点，周瑄璞捧着它开发布会,开研讨会,将它沉甸甸地交在你手里,犹如呈上了不能不令人郑重对待的一个"分量"。是的,那就是一个"分量",那不仅仅是一部小说,而且,它令人郑重对待的也不仅仅是厚度,我甚至会想,当周瑄璞呈上的是一张纸片时,我们也将感受到一种"分量"。这种"分量"就是她对于文学的那份态度。一群作家聚在一起,大家似乎都不用格外强调文学对自己的意义和价值,似乎那是不证自明的,有时候似乎那还成了羞于启齿的,但这样的一群人中,有一个周瑄璞,她似乎永远在身体力行地强调着文学的高贵和庄重。她要用文学来证明自己,修养自己,力图让自己也高贵和庄重起来。这是沉甸甸的盼望,是沉甸甸的分量。尤其,当这份盼望和分量对应在身量不高的周瑄璞身上时,就显得格外的突出和动人了。

你可以将周瑄璞的文学抱负视为雄心甚至野心,她想成功,要成功,并且为之俯下身子,劳作一般地耕耘。如今谁还会用十几年时间写一部小说呢?周瑄璞会。仅仅如此,就已然宝贵,于是她的雄心和野心都深具精神的美感。这种风格,也许源于她身在陕西,也许源于她祖籍河南,她浸染了北方的奋斗之风,秉承了中原的不屈不挠之志。但我想,更多的是源自这位身量不高的孩子深切的自尊。

自尊对于一个人何其重要。那是最可信赖的为人的动力,也是最可依赖的为文的保障。周瑄璞将自尊变成了"分量",并且,将"分量"转化成了她文学的品质。一部《多湾》,可能是她那辈作家中的一个现实主义标高了。但她付出的代价之巨,也是很少有人能比的,十多年的专注耕耘,让她和风生水起的同辈比起来显得"晚熟"了一些,但这样一个面貌,也让她珍视的文学尊严经得起检验和推敲。

有时候我会心疼周瑄璞。她的小身量和大抱负都让人有些揪心。有时候,我也会为她有些隐隐的担忧——《多湾》之后,她怎么办?要知道,如今的文坛,靠一部作品长期说服世界已经几无可能,她难道还能潜心十多年再去耕耘另一部《多湾》吗?这样计算,是有些世故了,但是周瑄璞有这样的人间抱负,所以我不免要跟着她一同怀着人间的忧虑。好在,她有"狠劲儿",好在,我相信她能把一张纸片也呈现出城墙砖一样的分量。


冬去春来,我的小友们各自在他们的文学世界里发声且发光。虽然他们散落在四方,但只要会聚在一起,就是今天中国文学璀璨的星空。我知道,总有一天,我们会以"老友"相称,但内心里,我却顽固地希望他们永远是我的"小友",希望他们永葆少年之气、孩子之气,永远以"小"的姿态领受不断成长的特权。这,其实就是梁启超先生当年《少年中国说》中美好的愿景。

# 归去来

二〇一六年下半年，我成了对中国高铁贡献最大的路人之一——在北京学习三个半月，有一多半时间都是在北京和郑州之间穿梭。整天不是开会，就是在去开会的路上。

穿梭，仔细想来，这个词竟然透着那么多的辛酸和无奈。

这一年的冬天，我在北京鲁迅文学院进修，跟一些"70后"的孩子混在一起——这话估计不受待见，说是孩子，其实也都是孩子他爹了。不过以我的年龄，说他们"孩子"，多少还有点资本。我记得给张楚的小说评点时，曾经用了"张楚这孩子"，下笔之时犹豫再三，最后还是写下了，还是发出去了。打那儿以后，张楚"这孩子"再见我，果然多了一些乖巧，也许是乖张，反正是跟过去不一样了，竟然是满脸诚惶诚恐的笑。这个家伙，我太欣赏他了，与作品背后那个他，判若云泥，长一张老实巴交的脸，亲热得不行。以此，他的诸多缺点完全看不见了。

张楚的作品我已经品评过了,但还是意犹未尽。也许,人与作品之间的距离越大,作品的张力就越大?也不尽然。但是想想挺好玩的,一个这样的人,一个那样的作品。有看头儿,有嚼头儿。

我始终对弋舟保持着高度的审慎,因为,看透这个孩子确实需要借谁谁一双慧眼。莫非,"刘晓东"长年驻扎在他的身体里,因此那种隔膜与踟蹰其来有自?也许这就是如他所言的时代表征:表面随和,内里冷,怕一切一切麻烦。这孩子,看起来跟每一个人都好,其实真正跟他做朋友并不容易。因为他"是中年男人,知识分子,教授,画家,他是自我诊断的抑郁症患者",他会胡乱地给自己贴上标签,然后,像一个斯德哥尔摩患者一样,被标签下的那个人绑架。

不过,他的作品我还是非常喜欢,在某些方面,我们走的路径或许是一样的,那就是,从"我"走向"我们"。这是一片开阔地带,但也不会因此让作家走上一条康庄大道。道路通达带来了诸多叙述上的麻烦,如何在旧情景新故事里闪转腾挪,很不能讨巧,确实费思量——谢有顺先生能从他的作品里打捞出"憔悴之美",可见慧眼独具。

我是从小说《国家订单》认识王十月的。但谁给他的作品贴上了"打工文学"的标签,不得而知,好像他自己对此也有认可。我觉得,这样概括,框架有点小了。他的作品与其说是"打工文学"，倒还不如说是"地球村文学"更为恰当。环球同此凉热，美国气象学家洛伦芝说，亚马孙流域的一只蝴蝶扇动翅膀，会掀起密西西比河流域的一场风暴。用这句话概括这部小说，甚妥。而且我觉得，我们的写作理念有非常相似的地方，那就是文学对现实生活的介入。他在一次访谈中曾经说："有一些小说家关注现实，还是必要的吧。作为一个写小说的人，总不能对我们所处的这纷繁复杂的现实无动于衷、视而不见作假寐状。"好小子，诚哉斯言！

但是，王十月这孩子，在朴素的外表下面，却是高傲的内质。其实，他的朴实是真的，有质地，能朴实到让所有人都相信他是个实在人；但高傲也没水分，瓷瓷实实的高傲。如果一个人能高傲到朴实，或者能朴实到高傲，也是非常非常了不得了——前者如柳传志，后者如褚时健。江湖还有传言，说王十月抢红包谁都不是他的对手，反应快；还传说，玩"杀人"游戏，他和东君兄最容易蒙蔽人——而今有规矩：不信谣，不传谣。这些事，我就不往深处说了吧。

我跟东君认识很早，好像有一次我们一起获了一个什么奖。李敬泽老师说东君："谈笑间却留心细细看了东君，我想以后我会记住他，认出他，以前记不住，因为这个江南人照例长得正规清爽，他不肯任性，留下让你记住的破绽和缺陷，但现在，我终于看出来，这个人的脸上有一种明确的记号，它叫'弱'——是必须参照《圣经》才能依稀辨认出的‘弱’。”其实，我个人认为，就东君而言，这弱不是那弱。老子曰："坚强者死之徒，柔弱者生之徒……故坚强处下，柔弱处上。"他的"弱"，本质上是一种强，是一种坚韧，更是一种坚持，跟洪素手一样。

看东君的作品，得有柔弱的心情，得有坚韧的神经；得有茶，得有闲，热闹处看不得。

这些人里面，算起来我跟李浩算是认识最早的，第四届鲁迅文学奖，我们一起去绍兴领奖。那是我们俩第一次交集，但共同的感受颇多。最主要的是，我们都觉得这个奖是生生地被上帝盲目砸下来的，所谓天上掉馅饼。好在都没被砸晕，也没砸残，看来我俩比猪坚强还坚强。

要是喊李浩这个孩子，确实张不开嘴，我总觉得我们是同时代人。也许是他太显老成，我太显年轻吧！李浩待人谦和无比，那种姿势，我觉得一直是在《将军的部队》里"向一个很远的地方眺望"的姿势，在他眼前的某个人可能很难进入他的内心。这也不能被过分责怪，毕竟，向远方眺望是大多数作家的姿态。因此我觉得，李浩的谦和善意，倒很像是一种闪避，就像一个急匆匆赶路的人，害怕别人挡住了他的视线和路线一样。其实这也是他的文学野心，好像是在一次访谈中，他曾经说到自己要做一个"野心勃勃的创造者"。能说出这样的话来实属不易，不装，是这个时代多难得的品质啊！

说完了这几个孩子,此处肯定有感慨:还没等来春天,学习就这样结束了吗? 始于冬初,终于冬末,有很多遗憾。有一天,王十月在微信圈写了一首《清平乐》,只记得有这样的句子:"多情最是难舍分/七八瓶酒/五六个人/一更二更三更。"依依惜别之情跃然纸上。是啊,毕竟"暮春者,春服既成,冠者五六人,童子六七人,浴乎沂,风乎舞雩,咏而归"是一个几乎唾手可得,而又总是失之交臂的愿景啊!

# 宛如清扬

　　这篇文字源于一堂高校的文学课,有同学提问:你最喜爱的"七〇后"女作家有哪几个? 在中国的文化语境里,这样的问题即使对于提问者来说不是居心叵测,而对于回答者来说,可以说是危机四伏。其实,我喜爱谁不喜爱谁,还真没有认真地想过,只是要把它说出来,总有投鼠忌器的隐忧。但我一向直言不讳,同时也不喜欢用"最"这个词。

　　在当下的文学现场,不需要专门说明,我自然会对一众女性作家心怀格外的喜爱。我喜爱她们,一定首先是基于文学的立场。她们个个不同凡俗,以自己流光溢彩的作品建树着文坛那道不可或缺的风景;其次,同为女性,一定也是我格外关注她们的原因。我们在多年的交往中,相互眺望、砥砺,建立起了专属于女性作家的那份友谊,妥帖、细腻,甚而有些小小的私密。这样的情谊,使得我们建立在文学基础上的友情,更多了一份宽博和设身处地的理解。她们用不同的姿态和方式影响着我，而这种影响也并非仅仅局限于文学创作。相同的性别，相近的文学态度，让我在感知她们的时候，同样也反观着自己，让写作和交流变成了一场修行，而且是文学与生活的双重修行，为之喟叹，为之欣悦，书写和阅读，更加具有了如影随形的生命感。

写这篇小文的时候，不期然，我想到了多年前的一幅画——《七〇后美女作家图》。关于这幅画的来龙去脉，已经有其他同行做过精彩的说道，我就不再赘述了。我想要说的是，这幅画上宗仁发的题词，今天想来，我依然要表达自己由衷的赞同。作为"七〇后"这个概念的最早提出者之一，宗仁发当年在这幅画上写道："如果说这是对时代的一种描述，我们尚可理解，但以此作为对七十年代作家的认定，无疑是浅表和片面的，我是不能苟同的。这不是说七十年代作家的写作和身体写作无关，而是说她们的写作是更丰富、更复杂的。眼前的画卷让我感到误解是人类永远的悲剧，艺术家与作家之间尚且如此，况他人乎！"

之所以想到这段话，是因为我突然意识到，我意欲记述的这几位女作家，竟然齐刷刷的都是"七〇后"。我比她们年长几岁，除去姐妹之谊，这个事实细想起来的话，真是饶有深意——原来，滥觞于上世纪九十年代的那个"七〇后"概念，经过将近二十年的时光，今天终于结成了中国文坛毋庸置疑的"正果"，以至于它的硕大和饱满，让这个平庸的时代平添了一种舍我其谁的韵致。

当然，我也知道，即使影响如此之巨，但她们也不是"共同体"，就像宗仁发所说——"她们的写作是更丰富、更复杂的"，但是，我愿意以一种"共同体"的确认，来表达我对于她们的欣赏。尽管好的作家一定是一个又一个的个体，但好的作家，也一定有着某种一致性。

魏微，她当年在那幅画上题写道："被误读的一代。"这真是言如其人，在我对她以及她作品的感知中，那份强烈的清醒与自我认定的意识，始终贯穿在她的身上。她的冷静沉着常常令我感叹，惊异于它们究竟源自什么。她的平静与沉着，也一直为人所称道。创作上，以少胜多，几乎已经成为魏微的标识。她写得少，写得慢，重要的还在于，她写得好。于是，慢和少，在魏微这里成为一种文学品质的象征，令她满足了我对于一个好作家全部的想象。你可以将她的"少和慢"视为一种谦逊，她不过度信任自己的能力，不挥霍自己的才华，未曾想过要超额完成什么，以近乎老实的态度对待着自己的文字；你同时也可以将她的"少和慢"视为一种骄傲，她笃信自己的笔墨，相信存在感不用建立在大干快上的热闹劲儿里。在这样的谦逊与骄傲中，与人日常交往中的魏微，也有了某种令人舒服的平衡感，两下中和，相处时，让她格外地不会令人觉得突兀，以至于她性情来了的时候，戏谑都显得平和，而又不至于呆板。据说有家出版社推出当代女性作家文集，约稿到了魏微这里，不出所料，遭到了她的婉拒。理由其实简单，她不愿重复出版自己的旧作。就是这简单的理由，我想，许多人是不会拿来告诫自己并拒绝他人的。大是大非面前，我们或许都知道怎样决断，但恰恰是这种貌似无伤大雅的小处，更见一个人的质地。魏微清醒，魏微也"顽固"。她用她清醒的"顽固"，矫正着对自己的"误读"，这可能胜于滔滔不绝的雄辩，而且，从更大的角度去看，她的表现也为她所在的"一代"做出了沉默的说明。

金仁顺，她在当年的那幅画上写下了"无言以对"四个字。琢磨这四个字，我几乎就能想象出金仁顺惯常示人的样子，表面上，她力求完美，在任何场合都周全到无可挑剔。有一句玩笑话说她"老少通吃"，这意思，当然是男女老少都能喜欢她。有一个同道写她：有一点"冷"，有一点"不想废话"的意思。她的这种"冷"和"不想废话"，的确可以在骄傲中找到原因。话不投机，她便干脆来一个"无言"。（这标签好像也适合我，呵呵。）骄傲是真的骄傲，可金仁顺的骄傲不是倾泻式的，她含得住，不解释，只亮出一个不敢苟同的态度。于是，这份骄傲就立得住脚了，不让人排斥；更何况，她的这份骄傲也实在是有底气。我听过不少人夸赞金仁顺的小说，更夸赞她的人，好像同为"七〇后"的那些男作家都对她的小说有着众口一词的认可。对此，我当然赞同，我只是在他们的说辞背后，暗自微笑，因为在他们所想象的那个不动声色的

214

金仁顺背面，还有一个我所熟悉的远比她的小说活泼伶俐的金仁顺。相对于示在人前的那种"无言以对"，真实的金仁顺还有着属于她嬉戏时字字珠玑的妙语，那当然不是胡说八道，而是反应机敏的聪明与不人云亦云的个性。从"无言以对"的一极，到"妙语连珠"的一极，中间就是那个随性而为的金仁顺。她不委屈和强迫自己，乃至在写作上似乎也疏于"计划"——"想写一个故事，我就去写。很可能，翻箱倒柜地找半天，什么也没有；也可能一不小心，拉开抽屉就出来一颗珠宝。"诚如她所言，在她这种"撞大运"似的写作中，我们更多地看到的是，她为读者捧出了一颗颗珠宝。

朱文颖，她在当年的那幅画上写下了"比窦娥还冤"。可不，这非常贴近我所理解的那个朱文颖。她会风风火火地喊冤，有时可能还要刻意夸张自己的情绪，譬如自比窦娥，而且"比窦娥还冤"。面对世界加诸自己的不恰当的认知时，朱文颖可能会立刻生出与之分辩的愿望。这可以让你将她判断成一个急性子，并且，似乎还有些强势的作风。但恰恰如此，朱文颖才具有了最高的辨识度，而且，随着交往，你会发现这个极具个性的女作家，自有着一股磊落的魅力。她也不委屈自己，有时倒是不妨委屈委屈别人。她新近的书名叫作《必须原谅南方》，你瞧，连"原谅"她都要冠以"必须"这样硬挺而专断的词，这是一种身不由己的居高临下,同时,也是一种对自己都毫不客气的勒令。理解了这些,你就能够理解受不得委屈的朱文颖,理解她"比窦娥还冤"的嗔怒。将近三十年过去了,她依然用最大的真实面对着文学,面对着世界,也面对着自己。于是,在朱文颖身上,总焕发出某种"新人"的气场。就我的感受,这种"新人"之感,不是指向稚嫩,而是指向活力与不曾被磨损的生命力,如果你也写作了二十年,你就会明白,这是多么值得骄傲的一件事。

与前面三位"七〇后"相比,接下来我要写的这三位女性作家,当年并未列入画中,但她们的成就于今也是有目共睹。

鲁敏,前不久她来郑州,带着她的新长篇《奔月》。周末我猫在家里,用了两天多的时间仔细阅读了这部作品。我觉得这部作品跟以往的鲁敏稍稍拉开了一些距离,从中能够看到,如今的鲁敏又在酝酿着新变。这符合她一贯的冲劲儿,她要向前,不断地向前。相较于那种"骄傲的消极",鲁敏从来都是"骄傲的积极"着。她在接受媒体采访时说,新作里写了"逃离",但更多是写了"逃离"之后的"寻找与建立"。其实,我倒是从中看出了主人公在日复一日、机械的寻找中的那种深度的痴迷,我宁愿相信,那是一种深深的依赖,是每个人或许都有的一种"乌托邦情绪"。对于这种"乌托邦情绪",我除了会发出叹息,怜恤人的无力,也会不由得致以深切的敬意,因为,当这种"乌托邦情绪"成为人"深深的

216

依赖"时,那种只有文学甚至宗教才能书写与理解的生命阴面,便呈现在了我们的面前。读作品如读人,在一定意义上,这个判断也是成立的。由此,我不由得要拿作品去对应鲁敏其人了。鲁敏不含蓄,她不惮于谈论自己对于写作的野心,并且堂堂正正地宣告出来。在我们的文化中,这需要多大的勇气和信心。我想,写作中的鲁敏,也是在日复一日、机械的寻找中怀着深度的痴迷,她依赖这种"乌托邦情绪",将自己全部押了上去,于是,她理解自己笔下生命的幽暗;于是,那种我们常常盼望的、对于文学信仰一般的虔诚,便在她的身上得到了充分的体现。

乔叶,我们既是同行也是同事,相知相伴许多年,更是有着不同于别人的熟知,她的那些小周旋,她的那般大举措。有人带着表扬又不无讥讽地评判她"劳模"。我感叹,在写作的态度上,她是一个实实在在的劳动模范。同样,乔叶近来亦有新作《藏珠记》问世。从上一部《认罪书》到这一部《藏珠记》,乔叶写作的跨度之大,既令我感到了何以如此,又令我感到了毫不意外。感到何以如此,是我面对乔叶的写作能力时,再一次感到了吃惊,她真的是十八般武艺样样精通,上手就是行家的模样;而毫不惊讶,则是因为,乔叶的写作能力早已经被我确知并且信任了,从散文到小说,鲜见她失过手。她就是能够从一部反省现实的沉重之作大跨度地迈到一部穿越的爱情小说,这背后,站着一个能力全面的作家,既能举重,亦能跳高。而且,"反省现实"与"穿越爱情"都只是简单的标签,这两者之间,在我看来,贯穿着的都是乔叶严肃打量世界的目光。她很积极,积极地思考,积极地以小说家的方式去处理时代那些紧迫的问题。二十年来,乔叶在变,但也一直没变,甚至可以说是以不变应万变,她只是在形式上换了很多种打法。她对现实世界的深度痴迷和介入,以及化繁为简的能力,的确让读者有更多的期待,期待着她再次创造奇迹。没准儿举重、跳高之后,她下一次又发力去跑马拉松了,而且,不出所料,一跑就给我们跑出了一个好成绩。

梁鸿是河南南阳人,南阳是我最喜欢去的地方,由于地理和区位所限,南阳的传统文化相对要完整一些。在河南,没有哪个地市比南阳的文化人多,大学生最多,作家也最多。老一些的像姚雪垠、卧龙生、痖弦、宗璞、张一弓、田中禾,后来的如二月河、周大新、柳建伟、廖华歌等。而梁鸿,我觉得是其中的佼佼者。让大多数人知道梁鸿的,是她的《中国在梁庄》以及随后的《出梁庄记》。读完这两部作品之后,我最深的感受就两个字:疼痛。很早以前,张宇老师写过一部长篇小说,叫《疼痛与抚摸》。而梁鸿这两部作品,没有抚摸,只有疼痛。这种疼痛,是痛失乡村之痛,也是城市化和现代化之痛。这种疼痛,未必有对错,却掺杂着我们八九不离十的情感执念。

在她最近的新作品《梁光正的光荣梦想》中，梁鸿写了一个父亲的一生，其实认真想想，这是我们共同的父亲。他们被时代裹挟，精神和肉体相互分离，更为悲惨的是，它们一直在分离之中，直到支离破碎。这是个人的悲剧，更是时代的悲剧。如果说我们都不能活成自己想要的样子的话，我们的父亲更不能。他们多次被时代强暴和碾压，不管他们有多强大，最终会向生活屈服，这就是他们的宿命。

在梁鸿和她的作品中，鲜见小儿女的作态，她的笔下也有曲折的心思，也有隐秘的私情，但这曲折和隐秘往往联系着世道和人心，在很大程度上，不是"一己"的心思与私情，折射出的是一种家国般的沉思。她的人就透着股大气劲儿，丝毫没有知识分子惯常的羸弱，写作更是锁定在宽广的视域里，以良好的学识为根本，念兹在兹地思考时代命题。梁鸿可能是我认识的最开朗的女作家了，这种气质，也符合她写作的朝向，就像，你怎么可以想象一个林黛玉会写出《中国在梁庄》呢？当然，我也知道，每一个优秀的作家都断非是一种面相的，梁鸿的开朗背后必有忧虑，甚至我想，她有多开朗，就会有多忧虑。否则，仅仅靠着开朗，她必将无法支撑起"梁庄式"的写作。我们都看到了，正是有了梁鸿的写作，"七〇后"一代的创作，才更加佐证了宗仁发所说的"更丰富、更复杂"。

宗仁发当年"眼前的画卷让我感到误解是人类永远的悲剧"之叹，已经洇染成时代的刺青，在信息爆炸的层层烟幕里，我们看不清彼此，也很难看清自己。所以当我写到这里，我突然感到，也许我写下的这些认知，就是上演了那"人类永远的悲剧"。对于我的这些朋友，如此的只言片语，恐怕连"误解"都未曾达到。但是，我还是愿意信任我一次，信任我女性的情感，在这样的情感里，凭着直觉，我就能够在一瞬间将她们赋予一个悠远的意象——宛如清扬。这个《诗经》中的句子，完全能够道出我对她们的喜爱与欣赏。她们就是新时代里中国文学现场"宛如清扬"一般的存在。时光已经证明而且还将继续证明，这种专属女性的存在，对中国的文学将是何等的重要。

# 有匪君子

之前有感而发，以小文记录了几位"七〇后"女性作家。朋友们读后，持异议者甚多，意思无外乎是，我有意忽视了那另外的半边天，抑或是，我们的作家队伍像某些体育项目那样"阴盛阳衰"。有人愿作此解，也未尝不可，但与真实相去甚远。不过这真实要真说起来，也实属不易。如果说，一众宛若清扬的"七〇后"女作家撑起了文学柔性的天空，那么，同为"七〇后"的那批男性作家，也以他们各自的文学才华，打拼出一个硬朗朗的世界。如今，他们已经成为当下文学现场最为活跃的一批作家，在一定意义上，他们今后的作为，应该成为今天中国文学最可期待的未来。所以，如何书写他们，于我终归是一件盛大且庄重的事情。

还是要从"七〇后"这样的代际划分说起。二十年前，当这个概念被叫响之际，或许大家并没有清晰地意识到，这一代作家终有一日将挑起大梁——尽管，这几乎算是必然的规律。但文学的赓续,有时又有着特殊性,于是才有"文起八代之衰"这样的断代接力。当年有评论家推出这个概念,我暗自猜想,他们更多的诉求也许是放在对于文学新力量的助推上,至于这股力量去往哪里,也是少有估计的。他们的着眼点,或许是在"冲击",甚或是对既有的文学现状构成某种"建设性的破坏"。如今,经过二十年的创作实践,这代被冠以"七〇后"之名的青年作家,日益茁壮,在不知不觉中,从昔日的"破坏性"力量,成长为中国文坛的"建设性"力量。以我有限的视野来观察,这代作家就像文坛的"中产阶级",他们从数量到质量,都为我们文坛结构的"纺锤形"做出了贡献。谁都知道,在社会学家眼里,稳定的社会结构就是两头小、中间大的纺锤形。而这代作家,不管是在被忽视里还是被重视里,都自顾自地拔地而起,不期然间已绿荫如盖,撑起了这道饱满的弧线。这也从另一个角度佐证了二十年来中国文学的成功,我们在顶端有着收获了包括诺奖在内的一系列国际重要奖项的作家,中间有这些蓄势待发的作家,是不是我们也可以欣慰地说,中国在走向世界的中央,中国文学也在走进世界的中央。

徐则臣,他被称为"七〇后作家的光荣"。对于作家的代际之分,他也的确有着比同代作家更为深入的思考。不同于他的许多同龄人,徐则臣并不拒斥这种"整体性的命名",相反,他承认这样划分的合理性,勤于在"整体性"中来观察自己的位置,想象、判断和投身一个时代的文学走向。这必然赋予了他一种更为宽阔的文学眼光,使得他能够在一个更高的层面上展开自己的文学抱负。同时,他又清醒地警惕着,强调这是"我"在写,而不是一群人在写。在"我"与"一群人"之间,他做着有益的辩证,认领了"一群人"的使命,继而从中反倒坚定了自己的立场;他站稳了"我"的脚跟,然后又最大程度地努力让自己具备"一群人"的共同性,于是,这个"我"的力量,就有了"一群人"的宽广。不错,"站稳脚跟"这四个字,就是我对徐则臣最直观的感受。他的个人气质也与这四个字高度匹配,一张"站稳了脚跟"的脸膛,一副"站稳了脚跟"的身板。每每与他见面,我都会忘记这个比我小了不少的兄弟的真实年龄。他毋庸置疑的满腹才华,但持重诚恳,丝毫不见一个才华横溢者司空见惯的那种锋芒,这令他的身上少有那种"才子气",却多了不少更为阔大的气象。他似乎从未稚嫩过,以至于你都要忘了他的年龄。他"站稳了脚跟"地坐在那里,"站稳了脚跟"地发言,无端地,就令你感到放心,感到言之有理。如今,随着文学对外交流的日益深入,徐则臣已经代表着他这代作家走向了国际。在我看来,这真是一个上佳的人选,因为,他那种"站稳了脚跟"的气质,在我的想象中,就有着一种"中国味",堪可向世界展示他那古老国家年轻的现在和未来。我也相信,随着世界性的视野不断扩展,徐则臣所"光荣"着的,将不仅仅是中国文坛的"七〇后",他会在更大的格局中,思考文学时代性的命题。

张楚，"七〇后"的标记也许在他的身上最为突出。但这份突出可能并不经由他的专门强调，他是整个人都活出了一个"七〇后"的范式。说他没有专门强调自己的代际身份，是因为在文学观念上，张楚似乎从来就未曾"专门强调"过什么，换句话说——他没有理论的冲动。这一点细究起来，令人饶有兴味。毫无疑问，他是这代作家中绕不过去的一个，但与他那些"绕不过去"的伙伴相比，张楚是一个鲜见地不做强烈文学表态的人。你看看他写的那些创作谈，抑或听听他的那些会场发言，几乎通篇都像是文学的抒情，而少有理论的果断与强悍。他对文学的介入方式，与他做人的方式浑然一体。他不思辨，他乐于抒情。这种气质使得张楚的作品更具有斐然的"文气"——我是说，他更像一个用天然感性的眼光看待世界的作家。天然的，就是一个"文青"式的作家。在我的这个判断中，"文青"是一种更高、更本质的作家禀赋——他们天生就是当作家的，几乎可以不经过后天的理论宰制；他们就是《诗经》中最早吟诵出诗句的那批先民，他们的所知与所感，就是本初的文学。他们是文学"青"时的歌咏者，在起点处和文学相连。这种风格使得张楚和自己生命的来路最大程度地保持着一致。你尽可将他笔下的那些人物想象成就是他生活中的人物；你尽可一望而知地将他直接划入"七〇后"的阵营——他的着装、体态、表情，乃至记忆，处处都是一个"七〇后"应有的样子。还有人说，张楚最"七〇后"的动作，就是酒酣耳热之后一展歌喉，必定唱那首《想和你去吹吹风》。据说，这首歌张楚在不同场合唱了无数次。这是张学友一九九七年的作品，那一年，张楚二十三岁，正是年华葱茏时。他就这么唱着唱着，把"七〇后"的身份唱成了自己的标记。这也从另一个侧面反映了张楚的风格，他念旧，用情，爱人，爱生活，永远像一个热情的少年，向世界热忱地释放着他的善意，也倾诉着他的忧伤。

弋舟，我曾经在文章里写过："对于他，我保持着高度的审慎，因为，看透这个孩子确实需要借谁谁一双慧眼。"我也知道，所谓"看透"，本就是妄想，即便我们生就了一双慧眼，怕是也难断言便可看透每一个生命，更何况，我观察着的还是这样一群灵魂迥异的作家。其实，如今我再想来，或许弋舟本不用被"看透"，他本就是透明地站在那儿，不过只是释放着难以被看透的气息。这就是一对矛盾，这也正是弋舟的困境。弋舟的作品放在同代作家中，在我看来，有着十分复杂的面相，而骨子里又有着十分一致的基因。他似乎从来没变过，又似乎永远都在变。他作品中的那些主题一以贯之，他却在不同的阶段展示出不同的方式。世界在他的笔下并不缺乏烟火气，可奇怪的是，这些烟火气一经他的收拢，又都清冷、整饬，仿佛一杯被过滤到极致的老酒。这就像他的人一样，也跟朋友热络，却总难火热。我想，这并非仅仅源于他的分寸感,也并非仅仅出自可以想象的骄傲,或许,是他始终被一种目光所束缚,于是,只能选择了一种"热切的观望"。他有活在烟火中的热切愿望,但他只能在观望中赋予蒸腾的烟火以审美的提炼。他融入不了。这也许是一个好的艺术家重要的特质,他将一切都艺术化了,乃至真实不虚的生活,在他的感受中都宛如一部作品。相较于张楚"天然的不思辨",弋舟似乎就是"天然的思辨"。在传统的文学观里,这两类作家分别代表了浪漫主义和现实主义,但就他们两个而言,这样的边界已经远远不能框住他们。也许,恰恰是因为有了这样的艺术观的分野,才让中国文学的天空繁星点点吧。如今,弋舟的价值也越来越得到了辨识,评论家陈福民曾经做出这样的评价:因为有了弋舟的写作,"七〇后"作家的写作在文学史上又添加了一份重量。

王十月,这个"七〇后"在我的直觉中与"力量感"相连,总让人无端地想起稼轩词中"气吞万里如虎"的诗句。这样的联想可能非常形而下,但唯其如此,更显妥帖。这个昔日从山间走出的少年,带着山野间特有的那份倔强和野气,不管不顾地杀入文学乱阵,硬是为自己拼出了一条生路——这可能更显悲壮和震撼。"成功"一词,如今在王十月身上也许有着最为世俗的那种体现,他从一个打工者成为国家级文学奖项的获得者,从一个农民工成为文学刊物的副总编,这些都足以让人将他视为励志的好榜样。

但是，我所看重的，恰恰是这个"成功者"身上散发出的"失败感"。甚至，他越成功，便越专注在失败上。当他获得荣誉之时，目光开始一再回望，从《国家订单》到《收脚印的人》，笔端牢牢地锁定在那个他曾经置身的群体之中。他关注着他们的失败，像是体恤着自己的兄弟姊妹，乃至连同自己今天的成功，似乎都不再是那么的天经地义。这让他的写作具有了那种可被称之为道德感的格局，也注定了他对现实主义毫不迟疑的忠诚。他的个人履历与文学成就，都和这个时代紧密相连，于是，这也就成为我从他的身上感受到"力量感"的缘由。这是一个不会退让的作家，他的奋斗经历，他的初心不忘，都决定了他应变的机智和面对复杂局面时的不会妥协，他将争取一切他认为必须争取的，仿佛永远厮杀在古代的疆场。

可以拿来跟王十月做对比的，最恰当的人就是石一枫。像所有家世不错的北京孩子一样，这个卡在"七〇后"尾巴上的作家，有着不动声色的体面感。他戏谑，他无所谓，他不争抢，文学之事在他这里从来不会被夸大到一种与命运等高的高度，有时候眼见着这件事可能要往高处去了，他便会忙不迭地赶紧将其拉回到合适的位置。恰是如此，写作在他手里才被还原成一件"寻常事"。其实，正如富贵闲人不等闲一样，"寻常事"才最不寻常。在很大程度上，这种还原有着中国文化最深刻的底蕴，且对于我们的文

227

学有着莫大的意义。没准儿，多一些石一枫这样的作家，我们的文学就会更加可靠。他不令人担心，在纯粹的文学立场上周正地行使着一个作家分内的义务，也加添着一个作家为文学带来的恰如其分的荣光。在一种貌似"浑不懔"的做派背面，如同他所供职的《当代》一样，如今的石一枫，其实稳稳当当。一连串的大中篇，饱满、结实，现实关怀和好读耐看一样都不缺。他的作品难能可贵地有着一种平静的定力。在平静的定力之下，是石一枫充分的思考与耐心的观察。这就像石一枫大大咧咧的背面，其实是各种各样的讲究。他食不厌精，脍不厌细，席上吃肉的量不会超过吃主食的量，酒也喝点儿但少有喝醉，而且坚定不移地不吃整鸡。仅就"七〇后"男作家的讲究而言，我能想起跟石一枫有得一比的，好像只有一个弋舟。拿这两个作家比较，也是件有意思的事，在一定程度上，他们俩似乎都是矛盾体，而矛盾在石一枫身上有时会被他故意放大。所以，我不免常常猜测，没准每当石一枫在朋友圈里晒吃晒喝的时候，这个北京孩子其实正在忧国忧民地满腹惆怅。

肖江虹，关注这个"七〇后"，首先完全是由于我对他作品的欣赏。从《百鸟朝凤》到《傩面》，我在他的作品中读到了某种久违了的小说感受。我甚至很难将这些作品瞬间与一个"七〇后"作家联系起来。这当然是源于我的偏见。似乎是，我会觉得这代

228

作家天然地与我的文学经验有些分歧,他们饱受现代主义熏陶的文学能力,我能够欣赏,但有时也会觉得有些隔膜,仿佛面对着的,就是一幅幅挂在镜框里供人打量的杰作,而少了些有血有肉的感同身受。我要承认,我的文学观并不是宽泛无边的,在骨子里,我依然倾向那种有根脉、能贴地的作品。而肖江虹的作品,恰恰满足了我的这种文学观。这个贵州的青年作家,开朗幽默,不疾不徐,牢牢地抓紧专属于他的经验,用一种"默默无闻"的态度,强力书写着亘古的事物,于是,"默默无闻"于他便成了"大张旗鼓"的标记,令他的作品别具魅力,张扬着今天的文学里迫切需要的那份文化自信。作家与自己的作品往往构成奇妙的映照,《百鸟朝凤》被吴天明搬上大银幕后的命运,仿佛昭示了肖江虹所秉持的文学观——也许会有暂时的落寞,但终究会依靠强大的生命力赢得喝彩。这就像他作品中的那些主题所指认的一样,传统文化的根脉正是中华民族繁衍不衰的精神源泉,在对这种源泉的继承中,肖江虹写出了世界文学格局中的属于他自己的中国故事。

记录那些"七〇后"女作家时,我想起了《诗经》中的美好句子,此刻,记录这些"七〇后"男作家,依然也有遥远的诗句在我脑中回旋:"瞻彼淇奥,绿竹猗猗。有匪君子,如切如磋,如琢如磨。瑟兮僩兮,赫兮咺兮。有匪君子,终不可谖兮……"有匪君子,我的这些年轻的同行,我愿意同样用《诗经》中的句子来祝福他们。

他们以各自的光和热,烛照和温暖着这个世界。对于未来,他们不是比我更坚韧,但肯定比我更坚定。他们在文学之路上如切如磋、如琢如磨的精进,必将创造出更加盛大辉煌的文学景观。

# 非常鱼禾与私人传说

　　与鱼禾在一起，是一场无法遮蔽、甚至可谓之盛大的"非常在"。那不仅仅是一个仪式，内容亦何其丰富。听她臧否人物，指点迷津，深有"盗亦有道"之感——在当今语言暴力以数百年未遇之张力铺天盖地的碾压之下，她的强势是显而易见的。尤其是在文字世界里，一方面是欲拒还迎的逃避，另一方面却是欲说还休的愤慨——她构筑了一个非常的世界，但又自信到执拗。也许，这是当下知识分子所面临的共同处境：生或者死，已经不是问题。

　　剩下的问题肯定很多，也许并不轻于生死。离开文字，鱼禾的愤怒则变成了豪爽，那是一种汉子般的动静：要么呼朋引类，歌吟笑呼，极饮大醉；要么随手抓辆破车，不管不顾地奔赴远方，仿佛在另一重意义上奔向那个被她反复述说过的存在于"不同生存境况，乃至不同文化背景的人们"之间的"天然的隧洞"。在她的阐释里，这个"隧洞"意味着写作者的个人经验与他人经验之间在某种深度上自然存在的贯通。她在几乎所有可以言说的场合，一再申明这种贯通所必须的条件。她认为这种贯通必然是在纵向而非横向的意义上发生的——不是作家的个人经验宽阔到了可以直接覆盖他人经验的境地，而是作家对自我经验的反思与开掘达到了一定的深度，必然会触及人类的共同处境。

我想，这也正是她把即将出版的散文集命名为"私人传说"的用意所在。

写作现实屡屡验证如是说法之准确。但更大的现实却是，因为较为普遍的反智倾向，很多写作者与这个目标渐行渐远。这个从事散文写作的人因为迷恋数学，常常喜欢以"坐标系"来抽象而精准地解释文学之事。对，她把写作者的精神半径放进了这么一个"坐标系"——它由思维的纵轴和经验的横轴构成。透过这样一个坐标系来判断疑难，她看到那个纵轴被一再忽略，必是感到了懊恼抑或愤怒。这些个"愤怒的葡萄"，被她生生地挑在笔端，并被调和成细碎而又庞大的思维盛宴。只是，盛宴未必可口，也未必易于消化。当我们被智慧和执着引领到一个振古如斯、于今尤烈的欲望现场，我们会从当初的目瞪口呆，迅速地奔向两极，要么同流合污，要么拍案而起。如果还有第三条路，那一定是思想者的羊肠小道，一如鱼禾所言，那是一条"钟情于坚硬的内生活，只听从内心的召唤"（鱼禾《在无限的放逐中我爱你》）的幽僻路径。

我始终认为,对于一个有思想的写作者而言,幸福不是出其不意的惊喜,而是把握在手的笃定和坚守——这是思想者的特权,而思想者的特权是永远不应该被打倒的权利。几乎每个人都有凭窗远眺的权利,可是思想者的凭窗,往往会成为一个事件和记号,他们能让运转自如的世界骤然停摆,听他们低声喝问:"你凭什么自称和它们不同,你犹疑的过程,为什么这样长?"(鱼禾《前提》)这是哲学之问,读到这句话的任何一个人,肯定都会有一个不一样的窗外。但意义不止于此。她说:"我不相信经验。在迥然不同的历险中,时光永远不会给我们回头路,走过的,仅仅可能留下伤疤一样的痕迹。经验不曾以有效的方式支持过我。我确定支持力另有来源。"(鱼禾《逃离》)当自我质疑转换成为对于私人经验乃至全部过往的质疑时,我们得到的,是廓而忘言的欣然还是披坚执锐的勘破?

在鱼禾的世界里,总是有宿命般的悲情和好便是了的退让。对于她的性格或风格,这也许是一对矛盾,或也许,这是对生命之轮最智慧的驾驭。即使对未来了然于胸,也未必能够滴水不漏,否则,人生就是一场演出。罢罢罢!即使是一场演出,谁又能算计出有几多心血来潮时的汪洋恣肆?念兹在兹耿耿于怀的,不过是那个在"戏眼"里丝丝入扣、荡气回肠的认真罢了:"我总是出行伊始,即遇岔口。当一种测验突如其来,没错,我总是一眼看穿,原来我所做的这些决定,它们的理由如此微弱,呵口气都会坍塌。是啊,是啊……尽管不情愿,我还是不得不承认,我早已没有权利随心所欲。人生到了这个段落,真正想做的事已经屈指可数,我知道这心意有多么专注;但是该做的,却是性命攸关的事。"(鱼禾《前提》)

惜爱自由的鱼禾,她的信念和坚韧却又从自由里旁逸斜出。因此,"自由"被说出来有几分令人怀疑:"自由,正是一种在内心消除秩序的能力。"(鱼禾《逃离》)这话我举双手反对——自由实与秩序无关;甚至在她所向往的"绝对的孤独"里,自由也无踪影。因为自由没有绝对,也拒绝绝对。这个喜欢"以趺坐的姿势盘靠在窗台上,陷入冥想"(鱼禾《攒眉》)的家伙,她果真是矛盾的!在她搭建的词语的深沟高垒里,我常常沉迷和彷徨,我宁愿相信那是一种深深的陷落。因阅读而产生的丰富和荒凉,使我终于相信了一个人也可以地老天荒。只是……我依然记得,当我读到斯人笔下父亲去世后那一段文字——"他的肉身已经化为泥土,什么也不需要了。他也不会再有期待。从今以后,我们即或有所成就,也只是给自己的了。"(鱼禾《乡愁,或另一种乌托邦》)——顷刻之间泪流满面。父亲是她自己的父亲,但这化为泥土的父亲,又何尝不是所有丧父之人的父亲。人与人也许很远,但是终究,人们会痛在一个地方,那厚厚的遮蔽之下,是柔软的亲情,是只能饮泣和叹息的黯然,既无关秩序,也无关自由。

鱼禾的行走姿态,一直为我所迷恋和欣羡。她只做她所认定的道路上的自己——这话不管听起来有多么决绝和孤傲，但她持之以恒，而且那姿态始终是她一个人的，别人无法复制。重要的是，鱼禾没有授人以渔，好像也没有这样的打算，她只授人以鱼。在这个"巨星"当道、"大师"横行的世界里，这很好。南方有嘉木，北方有佳人，当然，亦有鱼与禾。鱼与禾是物质的，也是精神的。她本姓马。她说马是一种与梦想有关的动物。据此人酒后醉谈，在上古时代，有一种眼睑皆白的马，名为"鱼"。她说，啊，那是一种会飞的马。我不知道这是不是另一桩"私人传说"，但总是如此，鱼禾的轻描淡写和浓墨重彩，内容远远溢出形式之外——我谓之饱满。也许，真正读懂鱼禾的人，更有成为一个好作家的可能——虽不能至，然心向往之。毕竟，没有谁不渴望像鱼一样自在，像禾一样踏实；没有谁不想以非常之在成就传说，让自己的一生力透纸背。

# 周庄的王剑冰

最近几次见到剑冰，一直想给他提个建议，干脆把名字改成王周庄算了。我是这样想的，即使自己不改，天长日久，总有一天会有人这样喊他。

这可不是调侃，一个作家对某个地方情有独钟倒不鲜见，只是在自己的作品里对一个地方如此流连忘返者不甚多。我们的朋友圈子里，刘亮程算一个，这个连狗的一辈子都摸得门儿清的家伙，自然对生养自己的村庄念兹在兹。我记得他的那个村子叫黄沙梁，是一个卑微到狗都不敢嚣张的地方。我还记得有一年，参加中国作协去内蒙古鄂尔多斯创作基地挂牌仪式，到了包头，连哄带骗地被几位老兄劝了几杯酒，让我放肆了一回，竟然壮着胆子跟他们唱了一次卡拉 OK。结束之后，已经差不多夜里两点钟了，大家都没有睡意，有人提议去看黄河，应者云集。谁知爬上了朋友的越野车，却没人知道路怎么走。刘亮程很诡异地说，让我闻闻便知道了。果然他煞有介事地嗅了半天,然后指了一个方向。我们顺着他的指点杀过去,还真走到了黄河。那时候,你才知道,在风中的柴门后面,确实有高人。

与他比起来,人家周庄的王剑冰可从来没有如此张狂过,不管在任何时候任何地方,"王周庄"总是韬光养晦,绝不当头,很有民国知识分子的范儿——说话有板有眼,办事有张有弛,对待任何事情都能够"得过且过"。不过只要触到他的底线,肯定是一把硬硬的骨头在那儿顶着。当然,作为中国的散文重镇,他曾经带着那么大一拨人,坚守着中国散文的高地,而且从来没有失守过,实属不易。但这不是完整的他,也不是成为他的理由。该怎样描述他才算合适? 内敛、寡言固然是他,而一往情深地表白"我真的不知道,你在那里等我,等我好久好久。我今天才来,我来晚了,以致使你这样沧桑"的人,也是他。不嗜烟酒,风清月白的人是他,拔剑四顾,歌呼"夕阳已去,天光暗和,提剑入鞘,仓啷如闻一声脆嗓,随寒光飞出窗外,直上云天九霄"的人,也是他。

不管怎么说,刘亮程和王剑冰都是当今我最喜欢的散文大家。刘亮程的散文是在无趣里拣拾天真,布衣芒鞋,荷把锄头在肩上,下雪不忘穿棉袄,天晴不忘戴草帽,那是"梦为蝴蝶,栩栩然蝴蝶也。自喻适志与。不知周也"的超然。王剑冰的散文是在天真里打捞有趣,白衣飘飘,羽扇纶巾,那是"居处恭,执事敬"的儒雅。

237

王剑冰不但是一个散文家,他还写诗,写散文诗,写小说,而且在这横跨几个文体的写作中,样样做得风生水起。当然,我最喜欢的还是他的散文。在散文中,他进入描写对象时的那种无技巧的技巧,确实是神来之笔。记得有一次随中国文化代表团访问德国,著名钢琴家郎朗在回答德国电视台记者的采访时,曾经说过这么一段话:"开始弹钢琴时,完全是注重技巧,指头必须一丝不苟地敲在琴键上,一点都不能走样。到后来,完全是弹在自己的情绪上,弹在空气里。"大师斯言,可谓一语中的。关于周庄的那一篇篇精美的散文,难道不是写在情绪和空气里吗?"周庄睡在水上。水便是周庄的床。床很柔软,有时轻微地晃荡两下,那是周庄变换了一下姿势。周庄睡得很沉实。一只只船儿,是周庄摆放的鞋子。鞋子多半旧了,沾满了岁月的征尘。我为周庄守夜,守夜的还有桥头一株灿然的樱花。这花原本不是周庄的,如同我。我知道,打着鼾息的周庄,民族味儿很浓。"

那便是王剑冰的语言和意境。我相信,每个成功的作家,在这个大千世界里都有一个自己的小宇宙。不管外在的世界如何侵扰和伤害他,他都能在自己的宇宙里断尾求生,用他自己的语言,自己的生活态度安慰自己,也抚慰别人,也用来与这个冰冷的世界和解。在答记者问时,王剑冰也谈到了这个问题,他说:"个性特色是最重要的,没有个性就没有了特色,中原作家笔下的中原特色越明显,就越出彩,赢得读者。另一个问题是语言问题,语言的问题解决不了，就不会出好作品，也打不出去，语言是一个作家最重要的能力，能力不够的，就是还没有做好创作的前提准备，或者说是智性先天不足。全世界都一样，一个能够获得公众认可的作家，语言占主导地位。"

我相信，游弋在庄里庄外的王剑冰，既不会带着"归去来兮，田园将芜"的心情入眠，也不会带着"夫天地者，万物之逆旅；光阴者，百代之过客。而浮生若梦，为欢几何"的心情醒来。那是赤子般的天真和成熟智性的纯粹。他用最普通的眼光打量着周庄，却用最不普通的、被中国文化熏染了数千年的情绪发酵："一块块的门板并起来，那敞亮的门便一点点合严了，最后合成了一小条缝隙，老人挤出来，拉起了边上窄窄的小门，咯吱一声脆响，制造铜壶铜铲的炉子、磨刀锯锅的工具便都关在了里边，它们将有一晚上的闲静。老人的身影一点点融在了夕阳里。"这点点滴滴，怎一个"好"字了得！在几乎白描般的书写里，是丝丝缕缕的热爱，而唯其热爱，才能成就伟大。

一个作家是否真的在场，是由其立场决定的；而他的立场，为在场平添了一份声势。因此，从这个意义上说，王剑冰成就了绝版的周庄，周庄也成就了绝版的王剑冰。但是，在作者一遍遍关于周庄的述说里，如果我们没有看到周庄，那我们就太大了；如果仅仅看到了周庄，那我们就太小了。

# 生命的疼痛不息，就是成长

　　不管别人觉得当一个作家多么光鲜，很多深谙内情的人却知道他们内心的苦闷和彷徨。其实写作就是一件非常吊诡的事——一个作家要把别人想不到或者想不透的事情想到想透，还得用一种艺术或者文学的方式告诉人家，这纯粹是跟自己过不去。据说作家是自杀率最高的一个职业——干上帝的活儿，帮人家拿捏命运，能落得个好吗？

　　在大多数时候，作家是一个沉默寡言的人，他生活在现实和虚构之间的边缘地带，而且界限尚不是那么分明。但他又是一个容易冲动的人，稍微觉得超出常识——物理、人情——他就会放声呐喊。他就是这副德行，因为他是一个作家。

　　然而，很多读者问起我为什么写作时，我常常无言以对。这是一个轻易就能拿起来、却很难放得下的问题。事情就是那么发生的，说不清楚为什么——从故事本身到我的写作，莫不如此。

我想，所谓灵感，也许就是上帝之选，在合适的时间，把某些东西交给合适的人去做。这件"东西"，肯定有它坚实的内核和内在驱动力，它是一件有生命的存在，作家仅仅是把它呈现出来，所能改变的，无非是表现的方式，尽管带着强烈的个人印记，但不会改变它的本质和方向。这样说起来好像有点宿命，甚或有人认为是傲慢。不过如果有人非要我回答的话，我就只能这么说。

难道还有更合适的解释吗？我做不到，也不相信。很多人以为，小说家都是凭空编故事的人。这么说也许没错，但除非是用唯心主义或者先验主义的观点去解释这一切，否则是站不住脚的。故事从何而来？从形式上看，它可能是一场白日梦，可原故事不是这样的，它是生长出来的，它先于文字和作家存在。讲故事的人会死去，可是故事不会，它会永远活下去，直到人类的最后一个被毁灭——不过，这也是一个故事。

也许到这时候，可以初步回答读者的提问了：故事就在那里，我忍不住要写出来。但这样又容易诱发另外一个问题，莫非所有的写作都来自生活吗？我的回答是肯定的。很多玄幻和科幻小说，它们横空出世，却又非常轻巧地嫁接在现实生活上，甚至连茬口都不留，好像生活本身就具有千奇百怪的 N 度空间。但是，我不禁要问，那些点石成金、生死穿越的人，他们面对的不是现实问题，解脱的不是当下的苦恼吗？它介入我们的生活，不是否定或者改变了世界，而是改变了我们看世界或者处理与这个世界关系的能力，变换了新的角度。因而不管它有多么想当然，它是现实的，是活生生的，是接着地气的。

因为现实，我常常为笔下的人物忧伤万分，那是一种近乎绝望的无力感。也许就是这种绝望逼出了我的决绝，因而使我的作品有了态度。《刘万福案件》里的刘万福，每每想起他来，我总觉得非常惭愧。虽然我把他领到了读者面前，引起千万人的围观，可是那于解决他的问题，改变他的命运，并没有任何裨益。甚至往深处说，即使解决了他的问题，那孙万福、陈万福、张万福们的问题呢？

绝望——如果我们忽略了它的存在，整个社会都将被逼入绝望。

《第四十圈》里的齐光禄，是我笔下另一个杀人者。这部小说交出去很久，他那带着风声的刀光，还一直纠缠着我，有时候会在我独处的时候上下翻飞，嗖嗖作响。我相信，如果有一个正常的社会环境，齐光禄会成为一个好老板、一个好丈夫和一个好父亲。可是，就连这一点卑微的希望之光，也有人一点一点地把它掐灭。说实话，当他怀揣着那把日本刀走向操场的时候，我的心情踌躇万端，写到这里，或者每每读到这里，我既血脉偾张又泪流满面，久久地回味着这个细节，五味杂陈。即使那是百分之百的错，我也不忍心让他停下来。那是他这一辈子唯一的一次生命绽放，如飞蛾扑火般决绝和神圣。我更不忍心指责他，因为我没有资格那样做。

我的两部长篇小说,《我的生活质量》和《我的生存质量》,有人说是官场小说,有人说是自传体小说。都对,也都不对。我写的确实是官场,但已经远远地"去官场化"。如果官场是一条大河的话,这两部作品应该是站在河边的反思。这两部作品有着内在的逻辑性,对于官场,从进入到退出,是一个轮回,也是一种升华。生命的疼痛不息,就是成长。我们最后能够面对,既是坚毅,也是无奈,因此这就是生活。

从小秋、秋生到小舅舅,那是我看到的另一幕生活图景。与快意恩仇相伴,是大部分人对这个世界的依偎、眷恋和忍耐。小舅舅这样的人,不管生活在哪个时代,都会把不平和不公化于无形,因为他们更多的是为别人活着。这本无对错,它是这个古老民族的文化性格之一,并以此延续五千年的香火。而小秋则恰恰相反,她希望看到不变之中的改变,希望找到芸芸众生里的自己。她有目标,有性格也有态度。她给我们以希望和安慰。我的其他作品里的人物,我常常能想到他们现在的样子,我觉得我用词语创造了另外一个世界,他们让我牵挂,也让我踏实。

现在我们所处的是一个价值观多元且思想纷呈的时代,我们被信息所覆盖,也被它捆绑。我们写出来的,到底是被缚的感觉、解脱的愉快,还是对绳索的"斯德哥尔摩"依恋,很难说清楚。这很有意思,也着实令人苦恼。

# 我所理解的写作及其他

现在的写作，正进入一个比较复杂的现场。一方面，自媒体的出现，让作品发表更加容易；另外一方面，由于泥沙俱下海量般的信息，使好作品变得越来越难被发现，因此也让很多作者更加焦躁不安。

如果单从技术上看，由于开放所带来的各种新的观念和技巧，正在深深地影响着中国的小说创作。所以，从总体上来说，我们的小说创作比过去丰富多了，也好看多了，确实也产生了一批有影响力的作品。尤其是莫言获得诺贝尔文学奖之后，世界对中国文学的看法发生了根本性的变化。基于这一点，即使不能肯定地说我们的小说创作正在赶上和接近世界水平，但是如果作一个纵向比较，可以看出确实有了较大的提高。

当然，在这种情况之下来讨论小说，也不能脱离"中国特色"这个最现实的语境，这个语境就是深深垫在小说底下的"文化因素",或者说是文化土壤。在从农业文明向工业文明过渡的过程中,蔓延在国人心中那种莫名其妙的焦虑和急功近利的现实环境,也同样不可避免地影响着小说创作。从新中国成立以来所产生的说教式的创作意图,到现在也没有根除。过去是图解政治,现在是图解社会现象,很少有真正沉入"进去"的作品,浮面化、标签化的创作充斥市场。即使是远离政治的作品,也存在着一个观念先行的东西。这何尝不是一种"政治"?

所以我觉得现在的小说创作,有两个倾向性的东西必须警惕。一个就是离生活太近,它几乎就是生活的描摹,根本谈不上文学性和艺术性。无病呻吟,故意放大个人病态的感受以期引起别人的同情或者同感。第二个倾向就是离生活太远,既故作姿态,又语焉不详,从头到尾都不知道他要表现的到底是什么。而且这两种倾向的通病都是离心灵很远,即使他说的是所谓的心里话,那也是来自心脏。

一

毋庸置疑,对于专业写作者而言,写什么固然重要,怎么写尤其重要,也许这就是所谓"专业的人做专业的事情"。但是,这种理念造成一种现象:对前人作品的回顾,还没怎么说到内容,总是先说到什么什么手法,什么什么派。就像是江湖上的武术派别,门派林立,令人眼花缭乱,莫衷一是。

当然,不管怎样,写作的确是另一种说话的方法——诚如周作人所言,是"风干的谈话"。既然是谈话,就要有谈话的艺术,或者叫"说功",其实它的艺术旨趣恰恰也在这里。像相声一样,我们喜欢老派人说的相声,如侯宝林、马三立,他们完全是靠"说"来解决问题的,不动声色,暗藏玄机,包袱抖开让你喜不自禁。不像现在那些说相声的,什么都整到舞台上去。现在有的写作者也是如此,功夫都用在写作之外,怪力乱神,乌烟瘴气,生生把一件高尚的事情做成焚琴煮鹤的下作勾当。

也许无可厚非,也许不解风情,也许见惯不惊。极度发达的物质社会和我们不断膨胀的欲望正在勾肩搭背、相互调情,这是我们所驱使的现代化迈进的一个新门槛。文学在物质化的世界里正在渐渐失宠,这也是一个不争的事实。

但是,虽然文学已经沦落到如此,但它绝对不会消失到无,更不能忽略不计。所以,作家的道义和责任感,有时候也反映在说话的方式上,使作家的生活态度在作品里显影。我们现在很少说起曾经影响中国几代人的俄罗斯作家,其实,像十九世纪以来的俄罗斯那些伟大的作家和他们彪炳千秋的作品,尽管大多数述说的都是苦难,但我们从苦难里看到了希望,看到了更多的对生活的悲悯和对生命的热爱。崇高的悲剧美,对人性不竭的追寻,对苦难宽容的态度,是俄罗斯文学的最伟大之处。他们虽然没有对个人的磨难置之不理,但绝对没有狭隘的谩骂和咬牙切齿的嫉恨。在作品所反映的个人的苦难背后,是整个社会的悲愤,就像一场突如其来的大风雪,刮过广袤的西伯利亚平原,苍凉而又博大,有凛然的尊严,又有深长的意味。而不像我们的一些作家,对于苦难,我们理解为就是悲哀。我们的姿态比苦难本身还低,我们被苦难压迫着,根本无法超越它。我们靠描摹苦难的细节煽情。这不能显示我们的悲悯,充其量只是可怜,因为真正的悲悯是要有足够的尊严的——不管是悲悯者本人还是被关注的人,并且它是通过微笑来表达的,而不是咬牙切齿——而我们只会躺在自己的伤口上呻吟,把个人的痛苦看得高于一切,哪怕是隐私,也被戴上艺术的光环,靠自己的痛苦赚取市场和同情。如果是写社会的不平,肯定是"洪洞县里没好人",高高在上的官僚一律该斩,生活在底层的全是圣洁的天使,因为他们不是一个人,而是一种象征。人性在作品里被泯灭了,只有欲望、痛苦、邪恶和呻吟在那里脱窍而出,像一片片飘浮的磷火,模糊而又遥不可及。

好在中国作家群中也有坚守创作高地的作者,其实我觉得他们并不孤独。比如石舒清,他的短篇小说不管是艺术水准还是思想性,在中国作家群里都具有标志性意义,尤其是《清水里的刀子》,这部小说我曾经应一家刊物之约做过全方位点评。那种浓得化不开的宗教情怀和清贫、善良、尊严的马子善一家结合在一起,所产生的极大的艺术冲击力,将会长久地引起我们心灵的震颤。

# 二

　　我觉得一直到现在,对我影响最大的还是俄罗斯的文学作品,尤其是我后期的作品中切入社会的视角,受其影响很大。俄罗斯文学泰斗托尔斯泰,一生所探索的都是如何解脱人类的苦难,孜孜追寻人生的真谛,他被尊奉为"人类的良心"。他像基督一样的献身精神,其实也是广布在俄罗斯知识分子血液里的弥赛亚情结。一百多年来时间的沉淀更说明了他的伟大——因为他热爱的,永远是劳动者和弱者,是善良的人;他述说的总是普遍的苦难和社会的不公,但是除了设身处地的怜悯和同情,没有置身事外的怨怼和骂街式的暴跳如雷。饱经磨难、忧心忡忡的俄罗斯,和生活在这片土地上的被侮辱和被损害的人们,在他的笔下,被浇灌成了一片充满生命力的森林和一株株傲岸的白桦树,在苦难里锤炼了信念,在打击面前挺住了尊严。唯其热爱这片土地、这个国家和生活在这里的人们,才会进而热爱整个世界。也因为对整个世界的爱,才赢得了世界对他的尊崇。他倡导的"勿以暴力抗恶",虽然为那些所谓的革命家所不齿,但是历史和实践证明了他的正确——饱经战乱,民不聊生,一个动荡的国度,遭殃的永远是那些手无寸铁的平民百姓。

另外一个被指责为不懂自己手艺的"天才的外行"，是与托尔斯泰齐名的陀思妥耶夫斯基。他先哲般的思想，夸张的热情，手术刀式的分析，让我们在他的作品里提心吊胆，就像穿行在阴森森的地狱里，几乎没有一个喘息的机会。他是敏感的、偏执的、透着热情和悲愤的道德审判官。"他把小说中的男男女女，放在万难忍受的境遇里，来试炼他们，不但剥去了表面的洁白，拷问出藏在底下的罪恶，而且还要拷问出藏在那罪恶之下的真正的洁白来。"他用另一种方式爱着他笔下的那些人物，他为他们打开道义忏悔室的门，让他们面对自己的心灵——只有看到自己的丑恶，才会是善行的开始。他喷涌的热情和冷静的思索，形成了作品跌宕的旋律，让我们因沉淀得太久而已经麻木的情感得到彻底的清洗。他一泻千里、泥沙俱下的叙述，好像是直奔着黑暗、愚昧和压迫而来，而蕴含的却是无尽的悲悯和热爱，也许还有忍从。他把俄罗斯民族的善良和残酷刻画得淋漓尽致——这是个矛盾的民族，是个矛盾的国家，过去、现在和未来，好像都不会被改变。

屠格涅夫是对中国影响最大的作家之一，也是俄罗斯最懂得小说"经济和建造术"的作家。他的叙述方式既没有托尔斯泰那样恢宏，也没有陀思妥耶夫斯基那样深邃。他是沉着的、冷静的和隐忍的。他用思想取代了情绪，用描写取代了陈述。他和被叙述者拉开了一段距离，远远地看着他们，然后对他们的作为画龙点睛地做一些概括。他不愿意多说一句话，甚至多说一个字，那是贵族式的简洁和果断。他和托尔斯泰一样，并不是一个饱经苦难的人。但优越的生活条件，没有使他失去爱和思想。他的悲哀既浸染着俄罗斯的民族精神，也沉淀着一个善良作家的艺术良知。他好像比任何人都关注普罗大众，但他的作品不是写给他们看的。他是写给他们以外的人看的，比如贵族，但一定是和他一样具有良知的贵族；比如那些闲适的人——他不动声色地告诉他们事情的原委，然后让他们慢慢地感动，让他们知道该为这个世界做些什么和不做什么。有一个时期，他的声望甚至超过了托尔斯泰和陀思妥耶夫斯基。当然，这既因为他说了什么，也因为他什么都没说。

我所熟悉的中国作家里，对土地和人民爱得最深的当数陈忠实和李佩甫，他们的经历和写作经验也很接近——虽然都是多年生活在城市，但是作品几乎都埋在乡土里。陈忠实的《白鹿原》，是用生命奏响的一曲中国乡土文化挽歌，那种乡绅自恋自爱式的尊严的破灭，几乎就是中国传统文化衰落的缩影。而获得茅盾文学奖的李佩甫的《生命册》，可以看作是《白鹿原》的延续，是农民在从乡村到城市的嬗变过程中所遭遇的精神蜕变。他们离乡背井进入陌生的城市，寻求出路，寻找价值。而在那里，农耕时代的道德，迎头遭遇商品世界的嘲弄，遭受资本社会的摧残。在失措的社会现实面前，他们失去的是生活的根基和信念。

# 三

　　有时候,文学比哲学的啰唆事还多,它至少比哲学更不规范,所以这激起了很多人的发言欲望。既然文学是人学,那么人人都有发言的权利。可真正对文学发言的人,又有很多是不懂文学、不爱文学或者是根本不看文学的——我这样说并不是有某种优越感,而是一种可悲的事实。常常听人说,"某某的层次太低,我从来不看他的作品"。没道理可讲,既然从来不看人家的作品,怎么知道层次低? 这虽然并不是光鲜的武器,但杀伤力极大,往往成了这些人结束战斗的利器。当然,世界是平的,而且写作这种很通俗的手艺,吸引了更多的人参与进来,如果再加上网络各种平台和因话语权扩大化而造成的冲击,文学真的被熬成一锅"坚硬的稀粥"了。甚至有些"做文学"的人,市场意识很强,他们知道怎样跑马圈地,也知道靠传统的叙事方式无论如何也占不了上风。在他们的作品里,生活被一些琐碎的细节和大段大段的"思想"(有的只是刚刚舶来的口号)所堆砌,他们用后现代的东西演绎出了新的"假大空"。如果一部作品,没有了对人类的关注和对生活的热爱,无论何时,无论何地,都不会成为一部伟大的作品。当然,在目前急遽转型的社会变革时期,有些作家选择了沉默。我理解并尊重这一点,同时也觉得非常遗憾。既然选择了做一个

251

作家，就应该有自己的责任、原则和担当。

好在中国还有一大批作家，以极大的诚意和坚韧不拔的意志，守望在文学的高原上，他们以自己的努力和实力，维护着文学的尊严。这是我们乐于见到的，也是中国文学的希望所在。

很少有一个时代会像今天这样，经济发展异常迅猛，社会生活丰富多彩，而公众认知却混乱不堪。也不曾有过一个国家，像中国的社会转型这么艰难。在波涛汹涌的生活面前，渐渐平复的心灵，虽然不会再有盲目的激情——理性使我们在生活里更真实了——但仍然有人会刻苦地写作。有人是为了生活，有人是为了爱生活，有人是为了诅咒生活。写作成了最便捷的话语方式，也成了最世俗的方式。我不记得是谁说过这样一句话："一个从来没有读过西方伟大经典的人，怎么可以妄称是受过教育呢？"这句来自上世纪的文化箴言，是否可以作为我们这个时代的文化墓志铭呢？所以，对于每一个作者和读者而言，弄懂这句话，很重要，也很必要。

"小说家的散文"丛书

（以出版先后排序）

**图书在版编目（CIP）数据**

物质女人／邵丽著. —郑州：河南文艺出版社，2019.1
（小说家的散文）
ISBN 978-7-5559-0739-8

Ⅰ.①物…　Ⅱ.①邵…　Ⅲ.①散文集–中国–当代　Ⅳ.①
I267

中国版本图书馆 CIP 数据核字（2018）第 227814 号

物质女人

| | |
|---|---|
| 选题策划 | 陈　静 |
| 责任编辑 | 陈　静 |
| 书籍设计 | 刘婉君 |
| 责任校对 | 丁淑芳 |
| 责任印制 | 陈少强 |

| | |
|---|---|
| 出版发行 | 河南文艺出版社 |
| 本社地址 | 郑州市鑫苑路 18 号 11 栋 |
| 邮政编码 | 450011 |
| 售书热线 | 0371–65379196 |
| 承印单位 | 河南瑞之光印刷股份有限公司 |
| 经销单位 | 新华书店 |
| 开　　本 | 787 毫米×1092 毫米　1/32 |
| 印　　张 | 8.25 |
| 字　　数 | 160 000 |
| 版　　次 | 2019 年 1 月第 1 版 |
| 印　　次 | 2019 年 1 月第 1 次印刷 |
| 定　　价 | 38.00 元 |

印厂地址　河南省武陟县产业集聚区东区（詹店镇）泰安路
邮政编码　454950　　电话　0391–2527860